Erwin Riess

Herr Groll und die Wölfe von Salzburg

Erwin Riess

Herr Groll
und die Wölfe von Salzburg

ROMAN

OTTO MÜLLER VERLAG

Die Drucklegung dieses Buches wurde gefördert
von den Kulturabteilungen der Stadt Wien (Literatur),
Niederösterreich und Stadt und Land Salzburg.

 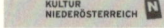  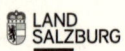

www.omvs.at

ISBN 978-3-7013-1290-0

Satz: MEDIA DESIGN: RIZNER.AT
Druck und Bindung: BELTZ Grafische Betriebe, Bad Langensalza
Coverbild: Clemens M. Hutter
Umschlaggestaltung: MEDIA DESIGN: RIZNER.AT

„Wenn ich so viel innerlich noch zu sagen habe,
und mein Körper verweigert mir seine Dienste –
dann hat die Natur mir einen anderen Körper zu verschaffen."

Herbert von Karajan

Prolog

Am Abend des 4. Juli 1947 tobte zwischen Tennen- und Hagengebirge und dem Hochkönigmassiv ein verheerendes Gewitter. Unterhalb des Hochthrongipfels löste sich ein Felssturz, er donnerte über eine Geröllrinne zu Tal, zerstörte auf ein paar hundert Metern die Gleise der Bundesbahn und kam erst in der Mitte der reißenden Salzach zum Stehen. Binnen Minuten überflutete der blockierte Fluß die Wiesen unterhalb der Marktgemeinde Werfen.

In das Inferno hinein lief auf den Gleisen ein ÖBB-Beamter mit einer Sturmlaterne Richtung Bischofshofen. Der Eilzug von Zell am See nach Salzburg-Stadt wurde in den nächsten Minuten erwartet, er würde in den Felssturz rasen und in die Salzach gerissen werden, hunderte Menschenleben waren in Gefahr. Von den Sturmböen gebeutelt und vom peitschenden Regen halbblind, taumelte der Eisenbahner von Schwelle zu Schwelle vorwärts. Die Laterne verzweifelt schwenkend, lief er dem Zug entgegen.

Alle paar Jahrzehnte ereignet sich in dem Talkessel ein Katastrophenunwetter. Die Bundesbahnen waren damals nicht in der Lage, die Geröllrinne durch Betonverbauungen zu sichern. Aus diesem Grund unterhielten sie an der Brücke zum Zaismann-Bauern, von dem die steile Auffahrt zu den Tropfsteinhöhlen der Eisriesenwelt ihren Ausgang nimmt, ein Bahnwärterhäuschen. Der dort stationierte Beamte hatte nur eine Aufgabe: auf die ersten Anzeichen von Muren und Felsstürzen zu achten und Züge zu stoppen.

Auch der Zugführer wußte um die gefährliche Stelle und reduzierte die Geschwindigkeit. Er konnte das schwankende Licht auf den Gleisen ausmachen und leitete eine Notbremsung ein. Sekunden später stürzte weiteres Geröll auf die Strecke. Wenige Meter vor dem Felssturz hielt der Zug an. Von dem Bahnbeamten, einem 32-jährigen Bergarbeitersohn aus Mühlbach, verheiratet und Vater dreier Kinder, war keine Spur. Seine Leiche tauchte nie auf. Man ging davon aus, daß sie in den Salzachöfen, einer tosenden Klamm unweit des Burgbergs, zerrissen wurde.

1. Kapitel

Keine Leiche im Kajak und kein Freund im Haubenrestaurant.
Aber ein erster Kuß im Friedhof

Auf den Tag genau vierundsiebzig Jahre nach der Rettung des Eilzuges führte ich den Dozenten unterhalb der Festung Hohenwerfen zu einem Gedenkstein zwischen Bahnübergang und Salzach.

„Zur Erinnerung an Alois Kössner, der als Schrankenwärter in treuer Pflichterfüllung hier sein Leben verloren hat", hieß es auf einer Tafel. Eine kleine, ovale Fotografie zeigte einen hageren Mann mit gescheiteltem Haar und Hitler-Bärtchen. Der Gedenkstein war flankiert von gelber Schafgarbe und einer Krüppelföhre.

Schweigend verharrten wir vor dem Mahnmal. Da tauchte neben dem Stein die flache Schnauze eines Schnellzugs auf, eine unwiderstehliche Kraft preßte uns gegen die Föhre, gefolgt von infernalischem Lärm. Als wir uns gefaßt hatten, war der Cityjet längst in die Kurve vor Imlau eingetaucht.

„Ein Held", sagte der Dozent.

„Ein Mann, der seine Arbeit gemacht hat", sagte ich.

„Es ist keine leichte Sache, jahrelang in die Nacht zu starren und Gewitter zu beobachten", sagte der Dozent.

„Und im richtigen Moment loszulaufen, ist eine Glanztat. Ein Held, ich bestehe darauf."

„Wie Sie meinen."

In einem Geflecht von Wirbeln und Schaumkronen strömte die Salzach neben dem Gleiskörper dahin. Über dem Hochkönig wuchsen Wolkentürme in den Himmel. Als ich den Blick senkte, sah ich, wie sich aus dem milchigen Dunst ein Paddelboot löste. Es fuhr in gefährlicher Nähe zum Ufer.

„Ein mutiger Sportler!", stieß der Dozent hervor. „Oder eine tollkühne Sportlerin", setzte er hinzu.

„Ein Idiot", rief ich. „Oder ein Lebensmüder!"

Ich rollte ein paar Meter auf die Brücke, fischte meinen Feldstecher aus dem Rollstuhlnetz, verriegelte Josefs Bremsen und setzte das Glas an. Ich traute meinen Augen nicht. Der Paddler war ohne Helm unterwegs und steckte in einer Kluft, die ich auch bei den verrücktesten Wassersportlern noch nicht gesehen hatte, er trug ein Jackett.

Der Dozent lief dem Kajak auf den Bahngleisen entgegen. Dabei ruderte er mit den Händen in der Luft. Das signalgelbe Boot wurde von der Strömung weiter ans Ufer gedrückt. Der Oberkörper des Kajakfahrers wippte vor und zurück. Die Bewegung nahm aber nicht vom Einsatz des Paddels ihren Ausgang. Es gab kein Paddel, es schien, als wären die Arme des Mannes hinter dem Rücken zusammengebunden. Das Boot würde in der nächsten Sekunde an den Felsen zerschellen und der Paddler mit den gefesselten Händen würde in die reißende Salzach kippen. Was für eine ausgefallene Methode, sich eines Menschen zu entledigen, dachte ich noch, da sah ich den Dozenten behende über die Ufersteine turnen. Mit einer Hand griff er nach dem Ast einer Weide, mit der anderen bekam er den Bug des Kajaks zu fassen. Der Kampf zwischen der Salzach und dem Dozenten wogte hin und her. Da brach der Ast und der Dozent drohte auf das Boot zu fallen. Wie er es schaffte, den Sturz zu vermeiden und das Kajak aufs Ufer zu ziehen, ist mir heute noch ein Rätsel.

Kurz darauf saß der Dozent neben dem Kajak im Gras. Als ich bei ihm angelangt war, sah ich, daß die vermeintliche Leiche eine Strohpuppe war. Sie sollte wohl einen distinguierten älteren Herrn vorstellen. Während der Dozent mit seiner nassen Hose beschäftigt war, durchstöberte ich das Jackett und fand in der Innentasche einen Umschlag. Ich nahm ihn an mich und verstaute ihn in Josefs Rollstuhlnetz.

Ein Folgetonhorn schreckte uns auf. Auf der gegenüberliegenden Flußseite näherte sich ein Feuerwehrauto der Zaismann-Brücke. Der Wagen fuhr mit Blaulicht, er wirbelte meterhoch Staub auf.

Wenig später beugte mein Freund Toni Poschacher sich über das Kajak. Toni war Gemeindesekretär, wir waren seit dem Bubenalter, in dem ich jeden August bei meiner Großmutter in Werfen verbracht hatte, eng befreundet. Er war kaum gealtert, sein lausbübisches Lächeln, sein volles Haar und seine tiefe Stimme nahmen die Menschen seit jeher für ihn ein. Ich stellte die beiden einander vor. Als Hoffnungsträger der Humanwissenschaften den einen, als Koryphäe der angewandten Verwaltung den anderen – worauf sie sich höflich zunickten. Er habe das Boot von seinem Büro aus gesehen, erzählte Toni. Immer wieder komme es vor, daß unerfahrene Paddler den Fluß unterschätzten. Außerdem gebe es weit und breit keine geeigneten Ausstiegsstellen. Wer einmal bis zur Brücke gekommen war, befinde sich in Lebensgefahr, denn wenige Meter flußabwärts verenge die Salzach sich zu einer Klamm, ein Vorbote der reißenden Salzachöfen.

„Das ist keine Schaufensterpuppe", sagte Toni. „Wir haben Puppen im Zeughaus der Bischofshofener Sprungschanze, ein gutes Dutzend. Sie sind Werbeträger für die Vierschanzentournee. Aber sie sind nicht aus Stroh." Er zupfte am Jackett der Puppe. „Aber das hier …?"

„Vielleicht eine Werbung für den *Jedermann*?", meinte der Dozent. Hingebungsvoll massierte er seine vom eiskalten Wasser geröteten Zehen.

Er werde seine Schwester Elfi fragen, meinte Toni ausweichend. Die arbeite seit vielen Jahren im Stab der Salzburger Festspiele und kenne sich da aus.

Ich schloß die Augen. Und da war sie: Elfi – die erste Frau, die ich geküßt habe. Großgewachsen, schlank, ihre strohblonden Haare sind zu einem Zopf gebunden. Stundenlang lungerte ich neben der Keusche ihrer Eltern, um einen Blick auf sie zu erhaschen. Als ich sie zum ersten Mal küßte, waren wir keine fünfzehn Jahre alt. Genauer gesagt, blieb es beim Versuch eines Kusses.

Wir saßen im kleinen Kuhstall der Poschachers auf wackeligen Klappstühlen. Die drei Kühe waren für die vielköpfige Familie wichtig, die Poschachers durften sie auf die große Weide der Hoteliersfamilie Obauer treiben, wofür die Kleinhäusler dankbar waren.

Mein erster Kußversuch war technisch mangelhaft. Ich beugte mich weit vor, da kippte mein Stuhl und ich landete im Stalldreck. Elfi bekam einen Lachkrampf, die aufkeimende erotische Stimmung war zerstört. Ich habe damals meine Lektion gelernt. Wenn eine Sache peinlich wird, muß man die Peinlichkeit auf die Spitze treiben. Und man muß das Ganze oft wiederholen. Auf diese Weise gewinnt man im Minnedienst wieder Oberwasser. Und so strauchelte, rutschte und stolperte ich in den nächsten Tagen bei jedem weiteren Kußversuch. Bis es Elfi zu dumm wurde. Sie drückte mich an die Innenseite der Friedhofsmauer und küßte mich leidenschaftlich. Ich schwöre Stein und Bein, daß sehnsuchtsvolle Seufzer und Anfeuerungsrufe von den Grabsteinen aufstiegen.

Wir trafen uns gern im dunkelsten Teil des Friedhofs, er war von uralten Tannen beschattet, beim Grab des jungen Erb, Sohn des Gemeindearztes, der beim Edelweißpflücken an der Bundesstraße oberhalb von Tenneck abgerutscht und einige Meter tief auf die Straße gefallen war. Heutzutage würde er das wohl überleben, denn seit der Eröffnung der Tauernautobahn ist auf der alten Straße nicht viel los. Damals aber wälzte sich der Transitverkehr halb Europas durch Werfen und die

Geschäftsleute und Hoteliers am Hauptplatz wurden steinreich. Da waren die reisefreudigen Tschechoslowaken in ihren Škodas, die Deutschen, Holländer und Belgier in ihren vollgestopften Käfern, Kadetts und Renaults, winzige Fiats und mächtige Haubenlaster der Marken Mack und Freightliner mit persischen Nummernschildern. Es war eines dieser Ungetüme, das den Verletzten überrollte. *Aufgstiegn, obigfalln, hingwesn* – stand fälschlicherweise auf dem Grab. Vor das *hingwesn* hätte ein *zammgführt* gehört. Im Winter zuvor hatte der junge Erb noch den sechzehn Kilometer langen Abfahrtslauf vom Hochkönig nach Werfen gewonnen. Die gesamte Marktgemeinde verehrte den gutaussehenden, liebenswürdigen Jüngling, der, daran war kein Zweifel, eines nicht fernen Tages die Praxis seines Vaters übernehmen würde.

Als Elfi von mir abließ, sagte sie: „Jetzt hast du beim Grab vom Erb einen Kuß geerbt." Ihre künstlerische Ader war damals schon ausgeprägt. Es war nur folgerichtig, daß sie beim größten Kunstspektakel der Republik beschäftigt war, den Festspielen.

Toni machte ein paar Lagefotos und kümmerte sich um den Abtransport von Puppe und Kajak. Auch Rettung und Polizei waren mittlerweile eingetroffen, und wie immer, wenn Uniformierte verschiedener Stämme zusammenkommen, wurden Revierkämpfe ausgetragen. Daß diese in miserable Witze verpackt waren, linderte die unterlegte Aggressivität nicht.

„Da riskieren Sie Ihre Knochen ... und retten eine Puppe! Wie fühlt man sich als verhinderter Lebensretter?", fragte ich den Dozenten.

Er hängte seine Hose auf die Äste einer Jungweide und grinste mich an. Der Dozent war sichtlich stolz auf sich.

In Josefs Netz läutete mein antikes Mobiltelefon. Nur wenige Menschen kennen meine Nummer, ich mußte also davon ausgehen, daß es sich um etwas Wichtiges handelte. Oder der Vorsitzende des „Ständigen Ausschusses zur Lösung sämtlicher Welträtsel, welcher beim Binder-Heurigen in Permanenz tagt", Wenzel Schebesta, hatte einen Auftrag für mich. Ich fuhr ein paar Meter zur Seite und nahm das Gespräch an.

Die Mutter des Dozenten erkundigte sich mit schneidender Stimme nach meinem Aufenthaltsort. Ob ich noch nüchtern genug sei, ihren Ausführungen zu folgen. Als ich bejahte, fragte sie noch nach ihrem Sohn.

„Ich habe ihn seit Tagen nicht gesehen", sagte ich. „Er erwähnte etwas von einem Segeltörn am Neusiedlersee."

„Wahrscheinlich mit irgendeiner akademischen Nutte", schnarrte Madame. „Mein Sohn wird nie mit einer vernünftigen Dame bei mir vorstellig."

Vernünftige Damen waren in den Augen von Madame Erbinnen von Unternehmen mit mindestens fünfhundert Beschäftigten, adeliger Hintergrund kein Nachteil. Die Frauen mußten seit längerer Zeit in leitender Position tätig sein und die Betriebe sollten ihren Ursprung in der Monarchie haben. Waren die Voraussetzungen erfüllt, stand einem Kaffee auf der Frühnachmittagsveranda ihrer Hietzinger Villa nichts im Wege. Bei zufriedenstellendem Verlauf des Gesprächs, konnte man schließlich auf die Spätnachmittagsterrasse wechseln, um einen Sherry oder einen amalfitanischen Limoncello zu nehmen. Bei dieser Gelegenheit konnte dann auch ein Termin für die Besichtigung von Madames Maschinenbaufabrik vereinbart werden, was einer halben Verlobung gleichkam.

„Das sieht meinem Sohn ähnlich, daß er in einem austrocknenden See baden geht."

„Er sagte etwas von einem Segeltörn", wagte ich einen Einwand.

„Wenn der See austrocknet, stirbt auch der Wind. Viel Vergnügen beim Rudern", höhnte Madame.

„Ich werde es ihm ausrichten", erwiderte ich sachlich.

„Hören Sie zu, geschätzter Groll! Was ich Ihnen jetzt sage, bleibt unter uns! Wehe, Sie weihen meinen Sohn ein! Ich bin wie jedes Jahr bei den Salzburger Festspielen. Den Opernkram nehme ich hin wie einen Schnürlregen, tatsächlich treibe ich meine Geschäfte voran, die sind in der letzten Zeit nicht einfacher geworden. Am Beginn meines Aufenthalts treffe ich im Restaurant Obauer in Werfen einen alten Geschäftsfreund. Dieses Treffen hat Tradition, wir haben uns schon zu Lebzeiten meines Mannes gesehen. Aber das gehört nicht hierher. Dieser Termin ist wichtig für mich, sehr wichtig. All die Jahre sind wir gemeinsam von unseren Hotels in der Salzburger Altstadt nach

Werfen gefahren, wo wir den Mittagstisch bei Obauers reserviert hatten. Aber dieses Jahr ist mein Freund nicht vor meinem Hotel, der Blauen Gans, erschienen, worauf ich mit Herrn Kálmán nach Werfen vorausgefahren bin. Jetzt sitze ich hier bei Obauers. Kein Anruf, keine Botschaft, nichts. So etwas ist noch nie vorgekommen, mein Freund ist die Zuverlässigkeit in Person. Ein Unfall mit einem Bentley wurde auch nicht gemeldet, sagen die Obauers, die wie alle anständigen Wirtsleute den Polizeifunk abhören. Mich plagen schlimme Vorahnungen. Wann können Sie in Werfen sein? Ist 19 Uhr für Sie machbar? Die Sache ist heikel, nur Sie können Aufklärung bringen. Ich zähle auf Sie."

Ich jubelte innerlich. Der Umstand, daß ich bereits in Werfen war, weil ich das Grab meiner Großeltern auflassen wollte, spielte mir in die Hände. Wenn ich eine tollkühne Fahrt von Wien hierher vorspiegeln könnte, würde sich das vorteilhaft auf die Höhe meines Honorars auswirken.

„Madame, ich bin bereits unterwegs. Ich schlage als Treffpunkt das Gasthaus zur Stiege am burgseitigen Ende des Hauptplatzes vor. Das Restaurant Obauer ist nur einen Steinwurf entfernt. Industriemogule, Finanzjongleure und Oligarchen tauchen in der Stiege nicht auf. Man kann sich dort ungestört unterhalten."

„Gasthaus zur Stiege. 19 Uhr. Sie scheinen sich ja gut in diesem Nest auszukennen."

„In meiner Kindheit habe ich einige Sommer hier verbracht. Da wäre noch eine Kleinigkeit."

„Sie kriegen schon Ihr Honorar!", sagte Madame und es klang wie ein Befehl an einen Lakai.

„Das meine ich nicht", sagte ich. „Es wäre gut, wenn man Sie am Nachmittag nicht in Werfen sehen würde."

„Ich verstehe. Wo soll ich Ihrer Meinung nach …"

„In der Hölle."

Madame schwieg. Ich beeilte mich zu ergänzen: „Das ist ein Ortsteil Werfens, in einem Taleinschnitt am Fuße des Hochkönigs. Dort gibt es ein Gästehaus, wo man wunderbar ausspannen kann. Die Besitzer sind Zeugen Jehovas. Sie interessieren sich nur für Geld und das Jüngste Gericht. Und sie sind sehr schweigsam."

Madame räusperte sich. Als sie ihre Contenance wiedergefunden hatte, sagte sie: „Sie denken mit, das ist gut. Noch etwas: Lassen Sie meinen Sohn aus dem Spiel. Der soll sich mit seinen Schnapsdrosseln im Schilf vergnügen."

„Selbstverständlich, Madame."

„Und Sie schaffen es wirklich bis zum Abend nach Werfen? Fahren Sie neuerdings einen Porsche?"

„Madame, Sie unterschätzen mich. Deutsche Autos sind in meinen Kreisen tabu. Mein Renault 5 wird vom Motor eines französischen Luxussportwagens namens Facel Vega aus dem Jahr 1962 angetrieben. Der Renault ist unscheinbar, aber seine Straßenlage und Motorstärke sind unerreicht. Ein Honorar für einen komplizierten Fall in St. Nazaire an der Mündung der Loire in den Atlantik. Sie wissen, dort wo die Queen Mary II gebaut wurde. Es ging um dreizehn tote Arbeiter während des

Baus des Ozeanriesen, zwei waren aus Österreich, einer aus Eisenkappel und einer aus Floridsdorf. Die Versicherung weigerte sich zu zahlen."

Madame schwieg einige Augenblicke, dann sagte sie: „Ich habe diesen Namen schon einmal gehört. Ich glaube, in den siebziger Jahren besaß ein Betriebsratsvorsitzender meiner Fabrik einen Wagen dieses Namens. Er ist damit gegen einen Baum gefahren. Zu seinem Begräbnis erschien die gesamte rote Reichshälfte, Ehefrau und mehrere Geliebte mit unehelichen Kindern. Herr Kálmán! Auf in die Hölle!"

Für den Dozenten und mich war die Reise nach Salzburg ein Glücksfall. Keine Ermittlungen, kein Auftrag, nur Müßiggang und italienisches Flair. Und dann gab es noch ein Herzensziel: den Almkanal, ein genialisches Wasserbauwerk in Höhlen und Schluchten, das die Stadt vor allen Städten Mitteleuropas auszeichnet. Ein Ho-Chi-Minh-Pfad der Alpen. Ihn wollte ich von seinem Ursprung, der Königsseer Ache, bis zu seinem Ende oberhalb des Domplatzes begehen. Einmal im Jahr wird der Kanal gesäubert, in dieser Zeit fließt kein Wasser und man kann ihn mit dem Rollstuhl bewältigen. Zumindest hoffte ich das. Auch Josef freute sich auf die Expedition. Der Dozent hatte vor, eine Jugendliebe zu treffen, die im Vorstand einer schweizerischen Privatbank saß.

Auf der Fahrt nach Salzburg hatte ich den Dozenten gebeten, eine elektronische Botschaft an Mister Giordano abzusetzen. Ich hatte nicht vergessen, daß Giordano 1955 als amerikanischer Presseoffizier von Salzburg nach Wien zur Wiedereröffnung der Wiener Staatsoper geschickt worden und auf den Serpentinen des Rieder-bergs mit seinem Jeep gegen einen Lastkraftwagen ge-kracht war. Der LKW hatte Wein geladen, was man auch von seinem Chauffeur sagen mußte. Bei dem Un-fall kam der amerikanische Fahrer, ein junger schwarzer Installateur aus Staten Island, ums Leben und Giordano erfreut sich seither einer schlecht sitzenden Unter-schenkel- und einer besser funktionierenden, aber stark quietschenden Oberschenkelprothese. Er sollte wissen, daß ich den umgekehrten Weg auf mich nahm, von Wien in die Kulturhauptstadt Salzburg. Und er sollte vorgewarnt sein, falls mir etwas zustoßen sollte. Mehr als fünfzig Prozent aller Autounfälle geschähen in Österreich auf dem Weg zur oder von der Kultur, behauptete ich dem Dozenten gegenüber. Der schwang sich aber nicht zu einem Protest auf, sondern nickte nur und tippte meine Worte ein.

Auf der Höhe von Melk erhielten wir eine Antwort.

Werter Groll! Schwiegersohn!
Ich bin seit drei Tagen im Mount Sinai Hospital in Quarantäne. Die Leute hier behaupten, ich wäre mit dem Corona-Virus infiziert. Ich glaube aber, daß sie mich nur finanziell schröpfen wollen und betrachte das Ganze als eine Art unfreiwillige Gesundenuntersuchung. Ich fühle mich gut. Asymptotisch nennen die Quacksalber das, mir soll's recht sein, ich hab das lateinische

Gequassel schon in meiner Jugend in Enna durchschaut. Es handelt sich um die Geheimsprache eines Kults, der zwei Flügel hat, Geistliche und Mediziner. Und die Apotheker laufen zwischen beiden hin und her. Und alle strotzen sie vor Gesundheit und sitzen auf dicken Geldbündeln. Ich esse täglich eine sizilianische Blutorange und trinke einen Liter Rotwein vom Ätna. Wem das nicht hilft, der hat auf diesem Planeten ohnehin nichts verloren.

Kulturkarambolagen sind also in Österreich für die Masse der Unfallopfer verantwortlich. Ich weiß von Geschäftsfreunden, daß in deinem Land Geschäfte, Wein und Schnaps untrennbar miteinander verbunden sind. Wenn man nicht illuminiert und für alle riechbar zu Geschäftsterminen erscheint, kann man sich den Deal gleich abschminken. Des weiteren berichten sie, daß die wirklich bedeutsamen Politverhandlungen grundsätzlich in entlegenen Weinstuben geführt werden. So kommt es, daß die Parteiführer morgens mit einem Brummschädel erwachen – und mit einem Koalitionspartner, den man eigentlich in der Donau ersäufen wollte. Und euer Gewerkschaftspräsident, ein rundlicher Mann, habe in seiner Antrittsrede verkündet, er gehe lieber zu Heurigen oder Gestrigen – heißen die Weinstuben so bei euch? – als auf die Barrikaden. In der Rangordnung der verkommenen Arbeiterbewegungen scheint deine weit vorn zu sein. Ich schätze das, mit Repräsentanten dieser Schichten kann man meist gute Geschäfte machen. Billig sind sie obendrein. Daß der Wein bei euch eine gesellschaftliche Hauptrolle spielt, ist also nicht bedenklich. Schlimm ist, daß euer Wein sauer ist. Ein Freund hat mir einst eine Flasche Rotwein aus der ungarischen Grenzregion mitgebracht, einem Gebiet mit Kohleförderung. So schmeckte der Wein auch. Verschlossen, rußiger Abgang. Andererseits, es ist nicht eure Schuld, daß ihr keinen Ätna habt. Oder vielleicht doch? Es würde mich nicht wundern, würdet ihr eure Vulkane mit Müll zuschütten und darauf Schipisten installieren.

Aus leidvoller Erfahrung weiß ich, daß ihr Österreicher für eure Gesangskultur bekannt seid: Opern, Operetten, Weihespiele aller Art. Und politisch seid ihr Schlitzohren. Jetzt, wo es um nichts mehr geht, entdeckt ihr eure Liebe zu Israel. Pfui Teufel, Groll!

Ich bin redselig wie nie. Und da sagt man, ich hätte keine Symptome. Für einen Mann meiner Branche ist Redseligkeit tödlich. Ich werde das Aspirin absetzen.

Eigentlich wollte ich dir etwas mitteilen, von Schwiegervater zu Schwiegersohn sozusagen. Aber ich habe vergessen, was es war. Habe ich dir schon gesagt, daß ich per Du mit Ihnen bin und daß ich die Medikamente absetzen werde?

Richten Sie Grüße an Ihren akademischen Begleiter aus. Ich weiß es zu schätzen, daß er sich um Sie kümmert. Das muß Schwerstarbeit sein.

Giordano

2. Kapitel

Freundschaftsgeschenke vom Jenissei.
Das Salzburg Manifesto

Nachdem ich mich von meinem Freund Toni verabschiedet hatte – nicht ohne ein Treffen in den nächsten Tagen zu vereinbaren –, fuhren der Dozent und ich in das höher gelegene Werfen hinauf. In den Nachrichten hörten wir, daß in Max Reinhardts Bibliothek im Schloß Leopoldskron zu Salzburg und im Schaubergwerk Hallein weitere Puppen aufgetaucht waren, sie stellten allesamt gutgekleidete Männer in den besten Jahren dar. Die Behörden hätten keinen Anhaltspunkt, wer die Puppen plaziert hatte und aus welchem Grund. Auffällig war, daß sie Jacketts aus feinem englischen Tuch trugen. Eine Werbemaßnahme eines neuen italienischen Nobelschneiders in der Salzburger Altstadt werde ebensowenig ausgeschlossen wie eine künstlerische Installation der Festspiele.

„Um ein Haar wäre ich der blöden Puppe wegen in der Salzach ertrunken. Wenn ich den Urheber dieses Werbegags in die Hände kriege, werfe ich ihn den Berglöwen im Tiergarten Hellbrunn zum Fraß vor", sagte der Dozent.

„Bravo!", sagte ich. „Sie können auf meine Hilfe bauen. Mit Berglöwen kenne ich mich aus."

Der Dozent sah mich verblüfft an.

„Restpopulationen haben sich am Wiener Bisamberg gehalten", erwiderte ich. „Die Biber fressen die Ratten, die Löwen die Biber. Ein perfekter ökologischer Kreislauf."
„Ich dachte, Biber sind Pflanzenfresser?", warf der Dozent ein.

„Die Wiener Biber sind eine städtische Abart", entgegnete ich. „Da kommt Fleisch auf den Mittagstisch." Wenig später studierten wir die ausgehängte Speisekarte des Fünf-Sterne-Restaurants Obauer am Hauptplatz zu Werfen. Gamscarpaccio, 29 Euro, war da zu lesen. Und Habichtspilzsuppe, 15 Euro, sowie Perigord-Trüffel, 58 Euro.

Der Dozent wiegte den Kopf. Nach Kaviar vom sibirischen Stör, per Gramm 6 Euro, und Honigwachtel mit Brennesselfülle, 48 Euro, Paprikakutteln, 24 Euro, und Kotelett vom Salzburger Jungrind, 59 Euro, schnalzte er genießerisch mit der Zunge. „Da wär schon was für mich dabei", sagte er. „Welche Speise hat es Ihnen angetan?"

Bescheiden antwortete ich: „Wiener Schnitzel vom Pinzgauer Kalbsrücken zu 29 Euro, dazu einmal Weinbegleitung vier Gläser 49 Euro und drei Gramm Kaviar vom sibirischen Stör. Allerdings müßte ich mich vorher erkundigen, aus welchem sibirischen Strom der Stör stammt. Zwischen Lena, Ob, Irtysch und Jenissei gibt es da beträchtliche Qualitätsunterschiede. Außerdem wäre noch wichtig zu wissen, ob der Kaviar vom Mittellauf oder vom Unterlauf des Flusses kommt, die Mittellauf-Kaviare sind manchmal etwas verschlossen im Anbiß. Ich gebe da dem Jenissei-Kaviar vom Krasnojarsker Stausee oder von der Großen Cheta, einem wichtigen Zufluß des Jenissei, den Vorzug. Zarter Schmelz, tiefgründiges Leuchten im Mondlicht und von der Textur unerreicht. Leider schwer zu bekommen; im belgischen Leuven gibt es die einzige offizielle Bezugsquelle in Westeuropa. Wenn die Obauers diese Götterspeise gegen Nachfrage führen sollten – was mich nicht überraschen würde –, könnte ich mich eventuell zu weiteren zwei Gramm überreden lassen."

Der Dozent lächelte. „Warum gerade Leuven?"

„Eine berühmte katholische Universität, Leuven oder Löwen in Flandern. Die Herren Dogmatiker und Fundamentaltheologen verstehen sich aufs Tafeln. Und sie wissen, wie man an die Köstlichkeiten herankommt."

„Ich weiß schon, die Wege des Herrn …"

„Ich würde eher sagen, die Wege der Ökumene."

„Und wie, geschätzter Groll, sind Sie an den speziellen Kaviar gelangt? Haben Sie in Leuven studiert?"

„Mit meinem rostigen Weltbild? Als mechanischer Materialist wäre ich dort fehl am Platz. Oder vielleicht auch nicht. Nein, verehrter Dozent, die Erklärung ist einfacher. Sie liegt, wenn man meinen Lebensweg kennt, auf der Hand. Die verstaatlichte Werft Korneuburg, die bekanntlich einem sozialistischen Bundeskanzler zum Opfer fiel, baute durch Jahrzehnte luxuriöse Kabinenschiffe für die sibirischen Ströme, so auch für den Jenissei. Die Schiffe sind heute noch in Fahrt, sie können in jedem besseren Reisebüro gebucht werden.

Zwei Schiffe wurden jährlich abgeliefert. Es war üblich, daß sibirische Schiffsbauer Wochen vor Übergabe des Schiffes die letzten Fertigungsschritte in der Schiffswerft Korneuburg begleiteten. Und es war gute Sitte, daß dabei Gastgeschenke ausgetauscht wurden."

„So kam der Kaviar vom Jenissei an den Oberlauf der Donau. Und da sie mit der halben Belegschaft der Werft befreundet waren …"

„Sind! Die meisten leben ja noch – als Zwangsrentner. Ein mieses Leben, zumindest für einen Schiffsbauer. Aber immerhin … "

„Ein Leben", unterbrach der Dozent. „Ich fasse zusammen: Wo es Schiffe gibt, dort gibt es Flüsse. Und wo es Flüsse gibt, ist der Kaviar nicht weit. Zumindest in nördlichen Breiten."

„Bravo! Ihre Weltläufigkeit macht Fortschritte."

Der Dozent schaute mich fragend an.

„Obwohl … derzeit macht die Störfischerei in den nördlichen Regionen eine schwere Zeit durch", setzte ich fort.

„Wegen des Klimawandels, vermute ich."

„Eher wegen der Massenzucht. Antibiotika sind in Rußland billig. Und die kasachischen Zander, die in jeder Nordsee-Filiale ausliegen, sind voll damit. Wenn Sie einen im Quartal zu sich nehmen, sind Sie und Ihre Kindeskinder für alle Zeiten vor Infektionen gefeit. Zumindest vor bakteriellen."

„Typhus, Cholera, Pest. Schade, daß Viren auf Antibiotika nicht ansprechen." Der Dozent nahm eine Notiz in seinem schlauen Büchlein vor.

„Ich habe Kenntnis von ehemaligen Werftlern, daß in ehemaligen sowjetischen Labors daran gearbeitet wird, Viren zu Bakterien umzubauen", setzte ich fort. „Schon in wenigen Monaten könnte es soweit sein."

„Um Gottes Willen, da kommt etwas auf die Menschheit zu!", rief der Dozent. „Ein biologisches Tschernobyl!"

„Unsinn. Die Wissenschaftler sind sich ihrer Sache sicher, daher verzichten sie auf großflächige Erprobungen durch Tests. Beim Corona-Vakzin hat diese Strategie sich ja auch bewährt. Wer die richtige Theorie hat, wie könnte der aufzuhalten sein!"

Der Dozent schüttelte unwirsch den Kopf. „Sie sprechen von der Sowjetunion. Implodiert. Vollständiger Bankrott. Ein Trauerspiel."

„Ein historischer Irrtum. Ich sagte doch, daß an der Korrektur bereits gearbeitet wird."

„Von wem? Von Putin? Das glauben Sie doch selbst nicht! Seine Leute gehen hier bei Obauers ein und aus. Widerliche Oligarchen, die das Volksvermögen verprassen."

„Ich rede nicht von den Schmeißfliegen der Ökonomie, ich spreche von den vereinigten Fortschrittskräften des wiedererwachten Volkes."

„Sie sind wahrlich ein rostiger Materialist!", rief der Dozent erbost. „Weder gibt es in Rußland Fortschrittskräfte, auch keine vereinigten, noch gibt es ein wiedererwachtes Volk. Was ein ‚wiedererwachtes' Volk anzustellen in der Lage ist, können Sie gerade in Salzburg bestens studieren. Als es nach dem Krieg darum ging,

27

die Verwaltung wieder anzukurbeln, mußte man Nazi-gegner mit der Lupe suchen. Einer der wenigen ist vor nicht langer Zeit gestorben, Marko Feingold, aber der war wie der Großglockner beim Genua-Tief, eine einsame Spitze in der Sonne, darunter Nebel, brauner Nebel. Jetzt, wo es opportun ist, Nazigegner zu sein, und wo man nicht mehr Leben, Karriere und Gemeindewohnung riskiert, fragt man sich ja, wo die vielen Nazis hergekommen sind. Es hat den Anschein, als seien sie einst dem Untersberg entstiegen und wären wieder in dessen Höhlen zurückgekehrt. Kommen Sie mir nicht mit einem erwachten Volk!"

Der Dozent zitterte vor Empörung. Wenn er in Rage gerät, gefällt er mir am besten. Insgeheim mußte ich aber zugeben, daß er nicht ganz falsch lag. Unter meinen Freunden, den ehemaligen Werftarbeitern, zählten beileibe nicht alle zu den Fortschrittskräften. Anders waren ihre Wahlergebnisse nicht erklärbar. Viele wünschen sich die Sowjetunion nur zurück, weil sie der Leberzirrhose entkommen und Schiffe bauen wollen.

Wir drehten eine Runde durch den Ort. Dann nahmen wir die Straße neben den Obauers auf den Berg. Vorbei am Friedhof und der einstigen Diskothek „Hochkönig", einem Holzverschlag, in dem holländische Ferienkinder vom benachbarten Jugendheim sich vollaufen ließen, führte die viel zu steile Straße auf ein Plateau, auf dem in den siebziger Jahren ein paar Gemeindewohnhäuser errichtet worden waren. Meine Großmutter, die nach dem frühen Tod ihres Mannes in einer Textilfabrik in

Bischofshofen schuftete, hatte dort eine sechsunddreißig Quadratmeter große Garçonniere bekommen, als sie vom Austragerhäuschen der Obauer-Großeltern oberhalb des Friedhofes hatte ausziehen müssen, weil die alten Herrschaften gestorben waren und die gemütliche hölzerne Bruchbude abgerissen wurde. Bei den Obauers hatte Großmutter über einen Balkon verfügt, der den Blick auf die drohende Wand des Tennengebirges freigab. In der neuen Wohnung stand ebenfalls das Gebirge vor der Küche, aber es gab nur einen französischen Balkon.

Unterhalb der Gemeindewohnungen führte eine sehr steile Straße in den „Hölle" genannten Taleinschnitt, in dem sich ein paar verlorene Häuschen aneinanderdrückten. Madames alter Direktions-Jaguar stand vor dem größten der Häuser. Ich war beruhigt. Vorsichtig rollten wir in den Markt zurück. Wie die Großmutter die Straße im Winter bei Schnee und Eis bewältigen konnte, war mir immer ein Rätsel geblieben. Mit dem Rollstuhl konnte ich sie nie besuchen, immer brauchte ich für die paar hundert Meter vom Markt ein Auto.

Ich setzte den Dozenten beim Aufgang zur Festung ab. Während er sich bei der Burg herumtrieb, konnte ich mit Madame im Stiegen-Gasthaus unser konspiratives Treffen durchführen. Hinter dem neu errichteten Pensionistenheim gab es einen Behindertenparkplatz. Von dort kam man überdacht ins Heim und durch einen breiten Gang ins Gasthaus. So lobe ich mir die Geriatrie.

Ich hatte noch ausreichend Zeit, bis Madame, die auf Pünktlichkeit Wert legte, erscheinen würde. Ich holte den Zettel, den ich der Puppe entnommen hatte, aus dem Rollstuhlnetz, strich ihn glatt und begann zu lesen.

Das Salzburg Manifesto

Der Kapitalismus lebt. Die Industrie lebt. Die industrielle Land-wirtschaft lebt. Die industrielle Kunst lebt. Der industrielle Sport lebt. Der Therapiemarkt lebt.

Niemand soll auf falsche Gedanken kommen. Dieses Ziel ist erreicht, wenn niemand mehr denkt. Nur wer nicht denkt, kann auf keine falschen Gedanken kommen. Gedanken über eine andere Welt. Eine andere Produktionsweise. Eine andere Herrschaft. Keine Herrschaft. Denken ist nicht erforderlich. Es reicht, wenn man Konsument ist. So lebt es sich im Industriekapitalismus. Aber nicht mehr lange.

Wir sind nicht Teil dieser Gesellschaft. Wir sind Teil der Natur. Wenn wir uns an den Zerstörern der Welt rächen, tun wir das als Teil der Natur. So wie früher einige vermögende Menschen ihre Klasse wechselten und für die Rechte der Proletarier kämpften, haben wir unsere Doppelexistenz als gesellschaftliches und als Naturwesen abgestreift wie die Schlange ihre Haut.

Wir sind nicht mehr Teil dieser Gesellschaft, wir haben mit ihrem Treiben, ihren religiösen, ideologischen, moralischen Zielen nichts mehr zu tun. Wir genügen uns nicht mehr darin, die Brosamen der Welt mit anderen Opfern der Zerstörung zu teilen. Wir lassen uns nicht mehr mit den Sprüchen der Zerstörer abspeisen. Die Opfer von Verkehr, Feinstaub, Bodenversiegelung, Massentierhaltung und Klimaverbrechen haben beschlossen, keine Opfer mehr zu sein.

Die Religionen sind tot. Die alten Aufstandsbewegungen sind tot. Der Sozialismus, der Kampf um gelindere Mittel im Beinhaus der Industrie, ist tot. Der Kommunismus, der Kampf um radikale Wege innerhalb industrieller Zwänge, ist tot. Der Kampf um Linderung der Umweltverbrechen ist Unsinn, ist Lebensverschwendung. Genau betrachtet ist dieser Kampf schädlich, weil er nicht den Feind, die große Industrie, im Visier hat, nur dessen Ausscheidungsprodukte.

Wir sind keine sozialen Wesen, wir sind Wesen des Spiritualismus. Unser Geist wird über die Erde kommen und sie vom industriellen Dreck reinigen. Die Zerstörer der Welt haben ihre Zeit gehabt. Jetzt sind sie organischer Müll, verwesende Kadaver.

Wir sind Müllmänner und -frauen. Wir kippen sie über den Tellerrand. Wir kehren sie in den Orkus. Wir schaffen das Ewiggleiche ab. In uns kommt die Natur, kommt die Welt zu sich. Alles Bisherige war Vorgeschichte. Vertane Zeit, zerstörte Welt.

Wir läuten keine neue Epoche ein. Wir verkünden das Ende aller Epochen. Das Reich der Zerstörung muß vernichtet werden. Unsere Zeitgenossen sind die Fußtruppen der Zerstörung. Folglich müssen auch sie vernichtet werden.

Wir haben unsere Lage erkannt und sind nicht aufzuhalten. Wir sind wenige. Wir brauchen keine Unterstützer. Wir kämpfen nicht um Mehrheiten. Wir brauchen keine Anerkennung.

Unsere Bestimmung ist die Liquidierung des industriellen Lebens, der industriellen Lüge, des industriellen Bewußtseins. Wir machen mit der Gattung Schluß. Ob irgendwann einmal eine Gesellschaft entstehen wird, die sich die Natur nicht zum Feind macht, ist unwichtig. Wichtig ist nur, daß das gegenwärtige System zertreten wird. Wichtig ist das Gedeihen der Insekten.

Deep Green Resistance

3. Kapitel

Madame hat eine Liaison und erteilt einen Auftrag.
Wagnerianer im Blühnbachtal

„Ich bin zu früh! Ist das schlimm?"
Madame trug ein dunkelblaues, hochgeschlossenes
Kostüm. Das Meisterstück eines Couturiers. Ein fun-
kelndes Collier zierte ihren Hals. In das schwarz
gefärbte Haar waren zwei Wellen eingearbeitet. Sie
setzten das ovale Antlitz mit den fein geschnittenen
Zügen, den nicht zu schmalen Lippen und der
griechisch anmutenden Nase auf das Vorteilhafteste in
Szene. Vor mir stand eine wunderschöne Frau im
goldenen Alter.
Ich muß aufspringen und ihr den Stuhl zurechtrücken,
zuckte es durch meinen Kopf. Da ich dazu nicht in der
Lage war, machte ich mit aller Grandezza, die ich auf-
bringen konnte, eine einladende Geste mit der rechten
Hand. Mit der linken knüllte ich das Manifest zusammen und stopfte es in Josefs Netz.
Wie aus dem Nichts tauchte Herr Kálmán auf, zog den
Stuhl zurück und Madame setzte sich. Danach nahm
der Chauffeur im Nebenraum Platz. Doch so, daß der
Tisch, an dem Madame und ich saßen, für ihn gut
einzusehen war. Seine Vergangenheit beim ungarischen
Staatsschutz konnte er auch nach all den Jahren nicht
leugnen.

„Daß ich die Etikette mißachte, mag Ihnen zeigen, wie besorgt ich bin", eröffnete Madame das Gespräch. Ich neigte den Kopf.

„Es gibt für das Nicht-Erscheinen meines Bekannten zwei mögliche Erklärungen, und beide sind für mich katastrophal", fuhr sie fort. „Welche der beiden zutrifft und ob es nicht doch eine dritte Erklärung gibt – das müssen Sie, geschätzter Groll, herausfinden."

Sie beugte sich vor und sprach mit verminderter Lautstärke weiter. Ihrer rauchigen Stimme war anzuhören, daß diese Frau gewohnt war, einen Großbetrieb zu leiten. „Sie müssen wissen, daß mich mit diesem Gentleman, der auf dem Anwesen seiner Eltern in den Cotswolds am Fluß Avon aufwuchs und in Oxford studierte, mittlerweile aber in Küssnacht am Vierwaldstättersee lebt, eine langjährige Beziehung verbindet, für die das Wort Zuneigung eine Untertreibung wäre."

Und nach einer Pause setzte sie hinzu: „In den Maßen des Anstands natürlich, mein Bekannter ist verheiratet. Glücklich verheiratet. Kinder soll es auch geben. Wie viele, vergesse ich immer."

Ich konzentrierte mich auf jedes Wort. Madame duldet es nicht, wenn ich in ihrer Gegenwart Notizen mache. Sie entnahm ihrer Handtasche ein hellbraunes Lederetui, öffnete es, schrieb mit ihrer Füllfeder einen Namen auf die Rückseite eines Strafmandats und schob es mir zu. Ich prägte mir den Namen ein: Liam Ferguson. Dann nahm sie das Mandat wieder an sich und steckte es in ihre Handtasche.

Nun hatte ich den Namen. Aber bei den Festspielen finden sich nicht wenige Besucher ein, für die Karten unter falschen Namen hinterlegt sind. Im Festspielbüro sind Dutzende Leute damit beschäftigt, die Bedürfnisse der betuchten Klientel zu bearbeiten. Für Sponsoren und deren Entourage galt das in verstärktem Maß. Nicht alle führenden Herren aus Hochfinanz und Politik verbringen die Festspieltage mit den Ehegattinnen. Sollten diese aber doch bei den Galavorführungen dabei sein, sehen die Geliebten die Vorstellungen eben bei der zweiten oder dritten Aufführung. Und irgendwann findet auch der gefragteste Vorstandsvorsitzende Zeit, sich mit seiner Favoritin in diskrete Innenstadthotels zurückzuziehen. Das Hotelpersonal verfügt über eine große Expertise im Organisieren von verschwiegenen Etablissements. Die Schwester meines Freundes Poschacher Toni arbeitet seit drei Jahrzehnten im Festspielbüro, ihr ist nichts Menschliches fremd. Ich würde mich also an sie wenden. Der von Madame so schmerzlich vermisste Herr wird wohl einen anderen Termin der Verabredung mit Madame vorgezogen haben, dachte ich. Ob geschäftlich oder privat, war offen. Andererseits beschlichen mich angesichts dieser ersten Arbeitshypothese sehr bald Zweifel.

„Ich lege für ihn die Hand ins Feuer, was Umgangsformen und Höflichkeit anlangt", sprach Madame. „Selbst wenn etwas Unvorsehbares dazwischengekommen wäre – er hätte sich gemeldet und sei es nur durch eine Kurznachricht", nahm Madame meinen

Einwand vorweg. „Ich befürchte das Schlimmste. Ach ja, ich vergaß hinzuzufügen, wo er logiert: Im Goldenen Hirsch, von der Blauen Gans, in der ich immer abzusteigen pflege, ist das nur einen Katzensprung entfernt."

„Warum schicken Sie Ihren Herrn Kálmán nicht in den Hirschen? Er kann sich genauso gut wie ich nach Ihrem Bekannten erkundigen."

„Kann er nicht", wehrte Madame ab. „Die beiden kennen sich. Es wäre nicht gut, wenn er ihn sieht. Ich will nicht, daß mein Freund glaubt, ich spioniere ihm nach. Das haben wir in drei Jahrzehnten nicht gemacht, und ich habe keine Lust, am Rande des Alters damit zu beginnen."

Ihre Selbsteinschätzung war originell. Ich weiß nicht, wie oft sie ihren 75. Geburtstag gefeiert hat. Sie sah mich eindringlich an. Und dann sagte sie in einer Mischung aus Befehl und Bitte: „Sie werden herausfinden, wo mein Freund sich aufhält." Mit einer Handbewegung schnitt sie meine Antwort ab. „Sparen Sie sich Ihre Einwände, sie werden nicht akzeptiert. Danke für das Gespräch. Wir treffen uns morgen im Mirabellgarten, beim Durchgang zum Mozarteum. 11 Uhr. Vormittag! Dann bekommen Sie einen Vorschuß. Vielleicht haben Sie ja schon erste Erkenntnisse vorzuweisen."

Ich kannte den bei Elevinnen und Eleven des Mozarteums beliebten Rendezvous-Platz. Er war regensicher und schwer einzusehen, da nimmt man den Luftzug in Kauf.

Als der Dozent und ich den Weg nach Salzburg antraten, dämmerte es bereits. Zumindest den Eingang ins Blühnbachtal wollte ich meinem Begleiter aber doch zeigen. Auf mich übte dieses schroffe und düstere Tal seit meiner Kindheit eine unerklärliche Anziehung aus, es war aber nicht jene Art von Anziehung, wie sie pittoreske Sehnsuchtsorte ausüben, sondern es war eine seltsam angstbesetzte und verunsichernde Anziehung. Als wäre ich in einem früheren Leben vor dem zerklüfteten Taleinschnitt geflüchtet und hätte eine Aufgabe von existentiellem Gewicht zurückgelassen, eine Aufgabe, deren endgültige Erledigung noch ausstand.

Schräg gegenüber vom Haupteingang des Eisenwerks Weinberger zweigte in der Arbeitersiedlung Tenneck die Straße ins Blühnbachtal ab. Ich wollte schon abbiegen, da sah ich vor einer Tankstelle drei schwarze Mercedes-Geländewagen mit verdunkelten Fenstern. Großgewachsene Männer in schwarzen Uniformen drängten sich um das vordere Schlachtschiff; sie versuchten fieberhaft, dessen Scheiben und einen Kotflügel mit Spray und Tüchern zu reinigen. Ich bat den Dozenten, im Shop eine Notration für ein Abendessen zu holen. In großen Schritten eilte er zum Eingang, er wurde ihm von zwei Hünen verwehrt. Die beiden trugen Maschinenpistolen und machten sich gar nicht erst die Mühe, die Waffen zu verbergen. Der Dozent lief zum Wagen zurück und schwang sich auf den Beifahrersitz. Jetzt erst sah ich, daß vom vorderen Auto eine dunkle Flüssigkeit tropfte. Die zwei Uniformierten kamen auf uns zu, sie hatten ihre Maschinenpistolen im Anschlag. Den Motor starten, den Gang einlegen und den Renault auf der Bundesstraße beschleunigen war eins. Wir fuhren in Richtung Pass Lueg. Nach wenigen Kurven und einer Querung der gischtgrünen Salzach erreichten wir die Autobahnauffahrt. Erst als wir mehrere Tunnel passiert und bei Golling freies Land gewonnen hatten, verringerte ich die Geschwindigkeit und reihte mich in eine LKW-Schlange ein.

„Das waren russische Autokennzeichen!", stieß der Dozent hervor.

„Wagnerianer", erwiderte ich.

Der Dozent sah mich verdutzt an. „Aus Bayreuth?"

„Mitglieder der russischen Söldnertruppe Wagner, sie waren bei der Heimholung der Krim, im Donbass, in Syrien und Libyen im Einsatz. Daß die auch bei uns tätig werden, ist mir neu. Und das noch dazu im Blühnbachtal, dessen illustre Besitzer von den Salzburger Erzbischöfen über den Thronfolger Franz Ferdinand, den Hauptkriegsverbrecher Krupp und dessen Enkel bis zu einem kanadischen Milliardär aus einer Dynastie, die die extreme Rechte in den USA finanziert, reichen."

„Der schwarze Panzer muß mit einem Rotwild kollidiert sein", sagte der Dozent, als wir die Salzburger Alpenstraße stadteinwärts fuhren. Ich widersprach nicht. Wenn der Dozent einmal eine Erklärung für bestimmte Entwicklungen hatte, beruhigte sich sein Gemüt und es tat dabei wenig zur Sache, ob die Erklärung stimmte oder nicht.

Spätabends kamen wir in Salzburg an. Der Dozent wollte nicht im Mohren absteigen, weil seine Mutter dort gern ihren Freund in einem Extrazimmer traf. Woher er das wußte, fragte ich. Vom Chauffeur, sagte der Dozent. Daß Kálmán Madame auch als Sicherheitsmann diente, war mir schon seit langem klar. Ob die beiden mehr als das Arbeitsverhältnis verbinde, wisse er nicht zu sagen, so der Dozent. Als Mann müsse der stolze Ungar seine Meriten haben, für verständnisvolle Hobbyköche habe seine Mutter nur Verachtung empfunden. Er kenne sie als selbstbewußte Frau, die Mangel welcher Art auch immer verabscheue.

„„Ich bin ja keine Sozialistin', pflegt sie zu sagen, ,mit der Aussicht auf eine Mangelwirtschaft kann man mich nicht locken, ich lebe gern im Überfluß, noch dazu wo ich ihn mir redlich erarbeitet habe.' Die Ehe ist für sie eine Zweckgemeinschaft zur Vermögensverwaltung und zur Pflege gesellschaftlicher Netzwerke. Meine Schwester und ich sind Produkte der schwarzen Pädagogik unserer diversen Kinderfrauen, meine Mutter hat nie gewußt, ob ich die Unter- oder die Oberstufe besuche. Hauptsache, ich ging ins Theresianum. Und sie war klug genug, sich nur mit vermögenden und gebildeten Liebhabern einzulassen. Ihre Maxime lautet: ,Sexualität ist zu wichtig, um sie von den Launen der Natur, sprich alternden Ehemännern mit Potenzproblemen, abhängig zu machen.'"

„Ihre Mamà ist eine bemerkenswerte Frau", sagte ich.

„Leider", erwiderte der Dozent.

Der Dozent ließ sich in einem modernen Hotel auf der anderen Seite des Flusses nieder. Ich hingegen blieb in der Altstadt, in einer Dependance des Mohren. Vom vierten Stock aus ist der Blick auf die Salzach berauschend, einen reißenden Gebirgsfluß inmitten einer Renaissancestadt findet man nicht so bald. Auch hatte ich keinen Grund, Madame, die hundert Meter weiter in der Getreidegasse in der Blauen Gans wohnte, zu meiden. Wenn sie doch auf einen späten Drink mit ihrem wiedergefundenen Liam im Mohren auftauchen sollte, hätte mein Job sich erledigt. Ich rechnete aber nicht damit. Irgendetwas sagte mir, daß hinter der Puppengeschichte mehr steckte als ein Werbegag der Festspiele. Das Manifest sprach für einen seltsamen Verfasser, es war aber nicht so verrückt, daß man es als Studentenscherz abtun konnte.

4. Kapitel

Goldrun und die Rache der Kolonialvölker.
Eine Leiche vor dem Scharfrichterhaus
und eine Warnung für die Festspielgäste.
Wohl und Wehe eines Schweizer Rohstoffkonzerns

Am nächsten Tag wachte ich nach einem unruhigen Schlaf auf. Durch das geöffnete Fenster drang der Verkehrslärm vom Rudolfskai. Ich kämpfte mich aus dem viel zu weichen Bett, warf einen Blick auf die immer noch stürmische Salzach und erledigte in Windeseile meine Katzenwäsche. Der vorsintflutliche Lift rumpelte die vier Stockwerke ins Erdgeschoß hinunter. Neben dem geöffneten Holztor war an der Wand eine Wetterstation angebracht. Sie zeigte dreizehn Grad.

Am Abend zuvor hatte ich im Mohren um die Ecke nichts mehr zu essen bekommen. Ein Würstelstand auf dem Alten Markt war meine Rettung gewesen. Erneut versuchte ich mein Glück im Mohren, ich hoffte, die Chancen für ein Frühstück würden besser stehen. Das war ein Irrtum. Die Küche war noch nicht geöffnet, der Koch würde erst mittags erscheinen, sagte eine freundliche rundliche Frau, die einen schweren Staubsauger über die Stufen hievte. Wenn ich wollte, könne sie mir aber ein Butterbrot streichen. Ich lehnte dankend ab. Wie ich wohl auf die unglückselige Idee verfallen sei, im Mohren abzusteigen, der sei voller Stufen und die

Zimmer in der Dependance um die Ecke seien früher als Personalkammern verwendet worden und dementsprechend abgewohnt und eng. Ein Rat von einem Freund, sagte ich. Keine Luxusherberge, aber preisgünstig und mit Blick auf den Fluß. In der Salzburger Altstadt gebe es nichts Vergleichbares.

„Poschacher Toni aus Werfen hat mir den Mohren empfohlen", sagte ich. „Kennen Sie ihn?"

„So einen Unsinn kann nur einer verzapfen", sagte die Frau, die nicht mehr jung war aber über ein gewinnendes Wesen verfügte. „Mein Bruder!"

„Was für ein glücklicher Zufall", sagte ich.

„Das wird sich erst weisen. Wie lange kennen Sie den Anton?"

„Als wir gemeinsam das Freibad Werfen besuchten, waren die Amerikaner gerade auf dem Mond gelandet."

„O je", sagte sie und lächelte mitleidig. „Da haben Sie den Toni ja in seiner ganzen Pracht erlebt."

„Das Wasser im Freibad war gletscherkalt, von Pracht war weder bei Toni noch bei mir eine Spur. Wir zitterten wie verirrte Welpen und unsere Lippen leuchteten blau in den verregneten Sommer."

Mit einem Fuß schob sie den Staubsauger zur Seite. „Ich bin die Zweitjüngste und heiße Goldrun", sagte sie. „Wir haben uns damals sicherlich gesehen, ich war keine drei Jahre alt."

„Gut möglich", antwortete ich. Bei Poschachers kugelten zu jener Zeit etliche Kleinkinder herum. Um die schmale Familienkasse aufzubessern, betreute die Mutter auch den Nachwuchs anderer Leute.

„Frühstücken kann man beim Fisch-Krieg am Fluß", sagte die Frau mit dem merkwürdigen Vornamen. „Wenn Sie etwas brauchen, fragen Sie nach mir, ich bin die nächsten drei Tage im Dienst."

„Das klingt nach Ausbeutung."

„Mein Chef ist Inder." Mit einem verschmitzten Lächeln fügte sie hinzu: „Die Rache der Kolonialvölker hat Salzburg erreicht."

Frühmorgens hatte es geregnet, die Straßen glänzten noch vor Nässe. Im Innergebirg mußte es starke Niederschläge gegeben haben. Josef und ich nahmen die Staatsbrücke in die Neustadt. Die hellgraue Salzach war aufgewühlt, der Wasserstand hoch. Nebelschwaden hingen an Mönchsberg und Kapuzinerberg. Die Festung war nur für Momente sichtbar. Ein paar Meter ging es sanft abwärts zum ehemaligen Hotel Österreichischer Hof, das nun Sacher heißt. Das sei die heimische Variante von Aquisition und Übernahme, sagte ich zu Josef. In Österreich schlucken einander nicht Industrieunternehmen, sondern Nobelhotels mit k.u.k Hintergrund. Josef knarrte zustimmend. In der klaren Luft war er angenehm leicht zu fahren, wir genossen das abschüssige Geläuf. Vor dem Hotel wurde eben ein dunkelgrüner Rolls Royce neuester Bauart vom Wagenmeister in die Garage gefahren. Das britische Kennzeichen DGR 1 strahlte den Charme einer Kriegsflagge aus.

„Haben Sie schon gehört?" Madame war pünktlich beim vereinbarten Treffpunkt hinter dem Mozarteum erschienen. Sie trug einen eierschalenfarbenen Burberry und ein Kopftuch mit Schottenkaros. Falls ihr Maschinenbauunternehmen einmal in Konkurs gehen sollte, könnte sie auch als Double der Queen durchgehen, dachte ich.

„Es gibt zwei Tote im Umkreis der Festspiele", sagte sie anklagend. Gespannt wartete sie auf meine Antwort.

Ich bemühte mich, keine vorschnelle Reaktion zu zeigen. Eigentlich sollte es ja umgekehrt sein, die Informationen sollten von mir kommen. Manchmal sind die Wege der Ermittlung eben verschlungen, tröstete ich mich.

„Ein Autounfall?"

Sie warf mir einen vernichtenden Blick zu. „Damit Sie's wissen, werter Herr Groll. Ich erfreue mich guter Verbindungen, auch in den Sicherheitsapparat. Während der Festspielwochen wird die Mannschaft aufgestockt, jedes Jahr verstärken Anti-Terrorleute und Spezialisten für Wirtschaftskriminalität die Salzburger Behörden. Die Absicht ist gut, die Ausführung hinkt hinterher und das Ergebnis ist beschämend. Ich sagte bereits: Heute Morgen wurden zwei Leichen gefunden."

„Leichen oder Leichenpuppen?", fragte ich weiter.

„Beides", präzisierte sie. „Die erste Leiche lag nahe des Almkanals vor dem ehemaligen Scharfrichterhaus. Ein älterer Herr, der bei den Festspielen arbeitete und als gewissenhaft und umsichtig bekannt war."

„Gibt es Zeugen? War beruflich alles in Ordnung? Hatte er eine böse Diagnose?", bohrte ich weiter.

Madame hob bedauernd die Rechte. An der Linken hing ihre Handtasche.

„Mehr weiß ich nicht, meine Informantin in der Polizeidirektion sitzt nicht direkt an der Quelle, sie stoppelt sich manches aus der Gerüchteküche zusammen."

Nun hatte ich zwar kaum etwas über den Toten in Erfahrung gebracht, aber immerhin wußte ich nun um die Begrenztheit von Madames Informationen Bescheid.

„Ich werde mich dort umsehen", sagte ich. „Gleich heute Nachmittag. Und die zweite Leiche?"

„War eine Puppe, sie wurde bei der Festung Hohenwerfen in der Salzach angetrieben", bestätigte sie.

Gute zwölf Stunden war die Nachricht von Werfen nach Salzburg unterwegs gewesen. Im digitalen Zeitalter ist das kein schlechter Wert, sagte ich mir. Mein Freund Toni schien seine Kollegen von den Spezialdiensten nicht sonderlich zu schätzen.

„Wenn eine Werbeaktion der Festspiele, die sich für heuer das vieldeutige Motto *Friß oder stirb* gegeben haben, auszuschließen ist, rate ich dazu, eine andere Erklärung in Erwägung zu ziehen."

„Und die wäre?", sagte Madame ungehalten und trat von einem Bein auf das andere. Ein kalter Luftzug ließ auch mich frösteln.

„Die Puppe ist eine Warnung", sagte ich. „Diejenigen, die gemeint sind, werden sich schon betroffen fühlen.

In gewissen Kreisen weiß man derartige Warnungen richtig zu deuten."

Madame schien angesichts meiner Eröffnung nicht sehr erbaut. „Die Mafia in Salzburg", sagte sie kopfschüttelnd. „Damit hatte ich nicht gerechnet."

„Wer spricht von der Mafia?", erwiderte ich. „Das Schweizer Großkapital, darunter langjährige Sponsoren der Festspiele, ist auch nicht ohne kriminellen Charme."

„Ich mag es nicht, wenn Sie so despektierlich über unsere Wirtschaftsordnung sprechen. Immerhin verdanken wir ihr unseren Wohlstand", wies Madame mich zurecht. „Ich sehe nicht, was das mit Liam zu tun hat. Ich vermisse ihn, und das nicht nur aus privaten Gründen."

Die Abwehr vorschneller Schlüsse zählt zum Einmaleins jeder Ermittlungsarbeit. Es galt, abzuwarten. Und so tat ich etwas, was ich sonst verabscheue. Ich nahm Zuflucht zur Pädagogik.

„Madame, versetzen Sie sich für einen Moment in meine Lage. Was macht ein Ermittler, wenn er keine heiße Spur hat? Erkundigt er sich bei der Telefonseelsorge? Ruft er beim Pannendienst an? Nein. Er recherchiert. Und für gewöhnlich setzt man da beim Umfeld der handelnden Personen an. So bin ich auf Glencore, den Konzern, in dessen Vorstand ihr Freund sitzt, gestoßen. Ein Rohstoffgigant mit 160.000 Beschäftigten. Mit Sitz in dem kleinen Schweizer Nest Baar am Zugersee."

Daß ich vor dem Einschlafen längere Zeit in einem Buch von Jean Ziegler über die sinistre Welt der Schweizer Wirtschaftsmagnaten geblättert hatte, brauchte ich ihr – und ihrem Sohn! – nicht auf die Nase zu binden. Am Beginn eines Falles hüten Ermittler erste Hinweise wie ihren Augapfel.

Tiefe Falten zerfurchten Madames Stirn. „Liam ist nicht aufgetaucht", sagte sie. „Er hat nicht angerufen oder eine Nachricht hinterlassen. Auch in seinem Hotel nicht."

„Das habe ich auch vermutet."

Sie sah mich skeptisch an. „Wie darf ich das verstehen?"

„Ich habe vermutet, daß Ihr Freund auch im Hotel abgängig ist."

„Herr Groll hat also eine Vermutung", sagte Madame sarkastisch. „Können Sie etwas berichten, das über eine Vermutung hinausreicht?"

„Bedaure, Madame. Noch nicht."

„Dann sehen wir uns morgen wieder. Hier. Zur selben Zeit", erwiderte sie im Befehlston. Sie drückte mir ein Kuvert in die Hand und schickte sich an zu gehen. Doch dann drehte sie sich noch einmal um. „Noch etwas! Könnte es sein, daß ich vor einer Stunde meinen Sohn im Café Glockenspiel gesehen habe? Er las Zeitung."

Ich hätte ihren Sohn zuletzt in Floridsdorf beim Heurigen getroffen. Das sei aber schon einige Tage her, erwiderte ich.

„Das ist gut. Ich will auf keinen Fall, daß er von der Sache Wind bekommt."

Sie machte auf dem Absatz kehrt und war verschwunden. Ich öffnete das Kuvert. Hundert Scheine zu hundert Euro. Das Treffen mit ihrem englischen Freund schien von großer Bedeutung für sie zu sein.

Kurz darauf traf ich den Dozenten beim vereinbarten Treffpunkt im Gastgarten des Café Bellini's. Der Dozent klopfte auf eine Aktentasche aus hellem Leder. „Ich habe hier ein Dokument, das uns weiterhelfen wird", sagte er. „Es gibt eine internationale Stiftung namens Ethecon − Ethik & Ökonomie. Sie vergibt einen *Black Planet Award* an transnationale Konzerne, die systematisch Arbeiter- und Kinderrechte verletzen, landschaftlichen Raubbau betreiben sowie Rohstoffe aller Art − seltene Erden, Gold, Kupfer, Kobalt, Lithium, Zink und so weiter − monopolistisch handeln und zum Drüberstreuen mehrere Dutzend Staaten in Afrika und Asien ausbeuten. Der Preis, der von einem Tribunal ausgelobt wird, gilt als wichtigster globalisierungskritischer Preis der Welt."

Eigentlich hatte ich den Dozenten gebeten, in der alten Universitätsbibliothek Informationen über den Almkanal zu besorgen. Das Wasserbauwerk, dessen Anfänge bis ins 8. Jahrhundert zurückreichen, versorgte mit dem Gebirgswasser der Königsseer Ache die gesamte Bischofsstadt, hatte ich ihn instruiert. Mühlen, Brauereien, Handwerks- und Industriebetriebe nutzten den Kanal. Wurde er geöffnet, flutete das Wasser in zahlreichen Nebenarmen die Altstadt und spülte den

Unrat in die Salzach. Kein Wunder, daß Salzburg durch all die Zeiten nur selten von Seuchen heimgesucht wurde. Vor dreißig Jahren wiederhergestellt, sei das Gewässersystem heute wieder funktionsfähig und werde regelmäßig gewartet. Einmal im Jahr werde es trockengelegt, man könne den Kanal im Berg dann begehen, und genau das hatte ich vor und dazu würde ich nicht nur seine physische Hilfe brauchen. Der Dozent sollte in der Bibliothek nach alten Plänen des Kanals suchen und dabei auf die Kavernen des benachbarten Rainbergs, die während des letzten Krieges als Luftschutzkeller genutzt wurden und noch intakt waren, nicht vergessen. Und nun schleppte er eines jener globalisierungskritischen Papiere an, wie sie zu Abertausenden zwischen Harvard und Zürich Jungspunden aus Millionärsfamilien dabei helfen, den akademischen Ennui zu vertreiben. Er war eben auch nur ein Apfel vom selben Stamm.

„Die Bibliothek ist eine Fundgrube", sprudelte es aus ihm hervor. „Im Lesesaal glaubt man sich in die Zeit der Erzbischöfe zurückversetzt. Im Übrigen liegt er dem Großen Festspielhaus gegenüber. Wer die Auffahrt der Premierengäste mit rebellischen Liedern beschallen will, kann keinen besseren Ort finden."

„Zurück zum Umweltpreis!", sagte ich ungeduldig.

Der Dozent bestellte einen Pernod und berichtete: „Vor einigen Jahren wurde er an einen in der Schweiz beheimateten Konzern namens Glencore vergeben. Man spricht von fünfzig Prozent aller Rohstoffe, die durch ihn gehandelt werden. Mit dem Erwerb eines weltweit tätigen Bergbauunternehmens, dessen Basis ebenfalls im Städtchen Baar im Kanton Zug liegt, ist Glencore auch unter die größten Rohstoffproduzenten gegangen. Die Gewinne liegen jenseits der zehn Milliarden Dollar, die Aktionäre bekommen eine dementsprechend ansehnliche Dividende."

Daß Rohstoffhändler sich gern in der Schweiz niederlassen, überraschte mich ebensowenig wie der jährliche Bericht über die Vermögensverteilung durch die Arbeiterkammer. Der Nachweis wachsender Ungleichheit war für die Ökonomen nicht mehr als ein Arbeitsbeleg, niemand kämpfte für eine Änderung. Im folgenlosen Aufzeigen der Realität haben es die salonlinken Weinkenner zu einiger Meisterschaft gebracht. Auch der Dozent konnte sich stundenlang über die Ungerechtigkeit der Welt ereifern.

„Und die Aktentasche?", wandte ich mich konkreten Dingen zu.

„Hab ich im Schreibwarengeschäft erworben. Wer sich mit der halben Welt anlegt, darf sich auch einmal etwas leisten. Understatement ist etwas für britische Herrenfahrer in Oxford. Ich hab das Rohstoff-Dossier einfach mitgenommen, in einem Schreibwarengeschäft kopiert und das Original wieder zurückgetragen. Niemand hat mich beobachtet." Er warf mir einen verschwörerischen Blick zu. Dann beugte er sich vor und las mit gedämpfter Stimme: „Glencore wurde in den achtziger Jahren von einem gewissen Marc Rich gegründet und mit rücksichtslosen Methoden vor allem in Geschäften mit Südafrika und dem Iran ausgebaut. In den neunziger Jahren spekulierte Rich mit Zink und machte schwere Verluste, daraufhin mußte er das Unternehmen an seine Manager verkaufen, die zu gleichen Teilen den Konzern übernahmen. Geschäftsführer war der Südafrikaner Ivan Glasenberg, der Vorsitzende des Komitees für Umwelt, Gesundheit und Sicherheit hieß Tony Hayward, jener Mann, der in seiner Zeit bei British Petrol die Explosion der Ölplattform *Deepwater Horizon* zu verantworten hatte. Und alle zusammen leisteten ihren Beitrag zur Zerstörung unseres Blauen Planeten", vollendete der Dozent.

„Was für eine blumige Formulierung!"

„Heutzutage muß man Romantiker sein, wenn man die Wirklichkeit ertragen will. Eine weitere Geldquelle für Glencore ist das Agrargeschäft, vor allem das Verschieben von Grundnahrungsmitteln jeweils dorthin, wo die höchsten Preise winken", fuhr er fort. „Hungersnöte bedeuten für den Konzern Profit, Hilfslieferungen der UNO werden bei ihm bestellt. Glencore ist auf drei Kontinenten Großgrundbesitzer und kontrolliert je ein Viertel des Weltmarkts für Gerste und Rapsöl. Für russischen Weizen ist Glencore der weltgrößte Exporteur überhaupt." Die Stimme des Dozenten hatte wieder normale Lautstärke angenommen.

„Das Unternehmen gilt als extrem gewerkschaftsfeindlich", las er weiter. „Nicht selten kommt es zu Minenbesetzungen und Streiks durch die Bergarbeiter, sie werden gewaltsam beendet. Tötungen von Gewerkschaftern durch bezahlte Paramilitärs sind an der Tagesordnung."

Ein älteres Ehepaar neben uns legte seine Zeitungen beiseite und konzentrierte sich auf die Vorlesung. Das blieb meinem Freund nicht verborgen, mit erhöhter Lautstärke setzte er fort:

„Glencores Industrien und Minen verursachen massive Umweltverschmutzungen und Krankheiten." Er hielt das Dossier in die Höhe. „Hier findet sich eine Aufzählung von konzerneigenen Minen in Sambia, der Republik Kongo, Peru und Kolumbien. Glencore verantwortet immense Verseuchungen der Umwelt. Giftige Abraumstoffe werden in offene Mülldeponien neben Wohnstätten verbracht. Im weiten Umkreis leiden die Bewohner unter Hauterkrankungen, vermindertem Sehvermögen, Bronchitis und Missbildungen. Die Zahl behinderter Kinder ist erschreckend hoch. Hier!"

Er reichte mir das Dossier, ich blätterte darin und fand eine Aufstellung aktiver Vorstands- und Verwaltungsratsmitglieder. Darunter auch den Namen Liam Ferguson. Nun bestellte auch ich ein Getränk, einen Pinot Grigio mit Eis. Als der Dozent fortsetzen wollte, wurden wir durch eine Lautsprecherdurchsage der Bus-Haltestelle vor dem Gastgarten unterbrochen. Es war aber keine gewöhnliche Durchsage, ich hörte Hilfeschreie. „Lassen Sie das! Hände weg! Ich hole die Polizei!", es waren Geräusche zu hören, die wie Ohrfeigen klangen, dann ein dunkles Poltern, als würde ein

Körper zu Boden fallen. Schließlich war da noch ein Stöhnen und ein hoher Pfeifton. Er brach schlagartig ab. Die wenigen Gäste im Bellini's sahen einander verwirrt an. Ein Bus fuhr in die Haltebucht ein, zwei wartende junge Männer traten weit zurück. Der Bus fuhr ohne sie ab.

„Geschmacklos", stellte der Dozent fest. „Wenn das ebenfalls eine Werbeaktion der Festspiele sein sollte … ganz Salzburg muß das gehört haben. Sie glauben doch auch, daß uns da etwas vorgespielt wurde?"

„Ich bin mir nicht sicher", sagte ich ausweichend. Insgeheim schloß ich einen PR-Gag aus. Die Angst in der Stimme der Frau schien nicht gespielt gewesen zu sein, Festspiel-Diven wären damit überfordert. Außerdem: Kein vernunftbegabter Mensch greift zu Aktionen dieser Art, um die Aufmerksamkeit des Publikums zu erregen. Die Gefahr, daß sie in Abscheu umschlägt, wäre zu groß. Andererseits: Vielleicht hatten wir es nicht mit vernünftig kalkulierenden Leuten zu tun. Vielleicht gehorchte die Truppe einer anderen Art von Vernunft. Gelänge es, diese zu verstehen, wäre man auf der richtigen Spur. Vorerst mußte es darum gehen, mögliche Zusammenhänge zwischen den „Puppenspielern" und den Festspielen aufzuspüren. Und da der Weg zum Ziel selten ein gerader ist, würde ich mich nicht wundern, käme es zu einem überraschenden Beifang. Salzburg ist keine große Stadt. Mister Ferguson würde bald auftauchen, hoffentlich so lebendig, wie ihn Madame sich erträumte.

5. Kapitel

Einführung in die Strategie der Spannung.
Wiedersehen mit Elfi.
Die Nebel lichten sich

In der Mitte des asphaltierten Stegs mit den tausenden bunten Liebesschlössern an den Geländern starrte eine Menschenmenge auf den Fluß. Hinter einem schnell fahrenden Motorboot vollführte ein Wakeboarder waghalsige Manöver, sprang über die Wellen, drehte Pirouetten und schlug Salti. In einem zweiten Boot filmten drei Kameraleute die Gala. Der Wakeboarder unterquerte den Steg, das Brüllen des Motors hallte von den Häusern der Altstadt wider.

„Sie wissen, daß dieser Steg, der Makartsteg, vor kurzem in Marko-Feingold-Steg umbenannt wurde?"

„Da muß ich passen", antwortete ich wahrheitsgemäß. Der Dozent fuhr fort: „Marko Feingold starb vor nicht langer Zeit im Alter von 106 Jahren. Er hatte mehrere KZ überlebt, war jahrzehntelang Vorsitzender der jüdischen Gemeinde und war unermüdlich in Schulen …"

„Wer Marko Feingold war, weiß ich sehr wohl", unterbrach ich. „Es gibt ein Buch über diesen großartigen Mann."

„Das Sie gelesen haben?"

„Auf Vermittlung durch Wenzel Schebesta vom ‚Ständigen Ausschuß'", bestätigte ich. „Und dann habe ich noch drei Exemplare gekauft und im Bekanntenkreis verschenkt."

„An mich haben Sie dabei nicht gedacht", schmollte der Dozent.

„Ich habe es nur an jene verteilt, die es meiner Einschätzung nach nötig hatten."

Der Körper des Dozenten straffte sich. „Das ist natürlich etwas anderes. Dann wissen Sie auch, daß die Witwe von Marko Feingold die Umbenennung des Stegs nicht guthieß."

„Das wußte ich nicht."

„Sie war der Meinung, daß Marko Feingold eine richtige Adresse, eine Post- und Anschriftsadresse verdient hätte."

„Da hat sie recht."

„Und sie weist darauf hin, daß die drei prominentesten Juden Salzburgs, Max Reinhardt, Stefan Zweig und eben Marko Feingold, im Gegensatz zu all den politischen und Kulturnazis, nicht mit einer Straßenbenennung und einer Postadresse geehrt wurden. Sie meint, dieses Verhalten der Stadt sei kein Zufall. Offensichtlich schäme Salzburg sich heute noch seiner jüdischen Persönlichkeiten."

„Da wird sie wohl ebenso recht haben. Wenn die Witwe eines KZ-Überlebenden den Wunsch nach einer Straßenbenennung für ihren Mann äußert und dann der Gemeinderat nur einen architektonisch wertlosen Steg für Feingold findet, ist das ein Affront. Ein antisemitischer Affront."

Der Dozent schwieg einige Zeit. Unvermittelt schüttelte er den Kopf und schwieg weiter.

Der Kai war jetzt sehr belebt, Radfahrer, Skateboarder und Spaziergänger machten einander den Platz streitig. In einem kleinen Parkstreifen vor der O-Bus-Haltestelle war es ruhiger. Er habe über die Puppen nachgedacht, sagte der Dozent. Mittlerweile sei er davon überzeugt, daß die Festspiele keinesfalls hinter der Sache steckten. Das wäre eine selbstmörderische Strategie.

Daraufhin fragte ich meinen Freund, ob er den Ausdruck „Strategie der Spannung" kenne und fuhr, ohne eine Antwort abzuwarten, fort: „Er bezeichnet einen Komplex von Maßnahmen zur Destabilisierung des gesellschaftlichen Gefüges. Ursprünglich bezog sich der Begriff auf Vorgänge in Italien in den siebziger und achtziger Jahren. Sie erinnern sich: Die Entführung und Ermordung des Ministerpräsidenten Aldo Moro im Frühling 1978 durch die Roten Brigaden, faschistische Zellen in den Sicherheitsbehörden, enge Verbindung zu Geheimdiensten, das Bombenattentat am Hauptbahnhof von Bologna 1980 mit fünfundachtzig Todesopfern, Morde im Umkreis der Vatikanbank, das Mastermind Licio Gelli und die Loge P 2. Das Ziel: ein allgemeines Chaos, um dann mittels eines Staatsputsches zur Abwehr der Linken – der Partito Comunista Italiano war damals gleich stark wie die Christdemokraten und kontrollierte alle Großstädte – einen Polizeistaat zu errichten. Oder nehmen Sie Südafrika. Dem Apartheidregime nahestehende Kräfte verübten in den achtziger und neunziger Jahren Terroranschläge und Morde an Zivilisten, die der schwarzen Widerstandsbewegung ANC angelastet wurden, um deren Einfluß zu schwächen. Der ANC dementierte jede Beteiligung. Nach dem Ende der Apartheid wurde er bestätigt. Gleichzeitig schürte das Apartheidregime gewaltsame Konflikte unter schwarzen Bevölkerungsgruppen, die mehrere tausend Opfer forderten. Auch im Chile Salvador Allendes wurden von Militärs und Todesschwadronen Attentate und Entführungen verübt, Transportunternehmer boykottierten die Versorgung der links regierten Städte. Bis Pinochet putschte und eine Diktatur errichtete. Auch hier folgte das Drehbuch einer ausgeklügelten Strategie der Spannung."

„Eine Strategie des Krieges in Salzburg?", sagte der Dozent und schüttelte ungläubig den Kopf. „Fällt Ihnen auf, daß der Ausflugsdampfer schief im Wasser liegt?", fragte er dann, als wir wieder zur Salzach zurückkehrten. Tatsächlich krängte das Schiff. Bevor die *Amadeus Salzburg* wirklich bedrohliche Schlagseite bekam, sollte schleunigst jemand eingreifen. Das hatten sich offensichtlich ein Notarzt und ein Sanitäter auch gedacht, sie eilten die steile Rampe zum Schiff hinunter und verschwanden im Fahrgastraum. Rasch bildete sich rund um den Notfallwagen auf dem Gehweg eine Menschentraube, die vom kreisenden Blaulicht überragt wurde. Kurze Zeit später waren die beiden wieder zurück. Der Sanitäter trug eine Puppe im bekannten Jackett, der Mediziner einen Strohkopf. Anfänglich war das Publikum entsetzt, dann überwog die Erleichterung. Die Polizei zerstreute die Menge, sodaß ein Einsatzfahrzeug der Feuerwehr vorfahren konnte. Zwei Uniformierte liefen zum Schiff. Die *Amadeus Salzburg* ähnelte einem gestrandeten Walfisch.

Der Dozent wollte sich mit seiner Jugendliebe vom Schweizer Bankhaus im Friedhof St. Peter treffen. Er hatte einen dahingehenden Wunsch geäußert, es gebe dort einige denkwürdige Grabsteine mit aufschlußreichen Inschriften. Er war eben ein wahrer Spezialist des Minnediensts. Aber wer weiß, vielleicht war seine Jugendliebe eine Parteigängerin der morbiden Fraktion. Ich schlug den Weg zum Festspielbüro ein, wo ich *meine* Jugendliebe Elfi, Tonis ältere Schwester, vorzufinden hoffte. Bei der gestrengen Dame im Festspielbüro fragte ich nach Elfi. Sie habe früher Poschacher geheißen, aber es könne ja sein, daß sie geheiratet und den Namen gewechselt habe. Es gehe um eine sehr wichtige private Angelegenheit.

„Ich kenne hier alle. Aber ich kenne keine Poschacher."

„Vielleicht hat sie inzwischen geheiratet."

„Dann sagen Sie mir doch diesen Namen!"

„Ich kenne ihn doch nicht."

Die Dame hinter der Kasse setzte eine abweisende und desinteressierte Miene auf.

„Ihr Bruder ist Gemeindesekretär in Werfen, Poschacher Anton."

„Wo ist Werfen?"

„Im Innergebirg, eine dreiviertel Autostunde entfernt. Eisriesenwelt, Hochkönig, Festung Hohenwerfen."

„Ist das bei Innichen?"

„Nein!", rief ich. Die Sturheit der Frau wurde mir langsam unheimlich.

„Ich weiß!", hielt sie dagegen. „Das ist in Südtirol. Ich hab da ein Bild in Erinnerung. Weinstraße Kalterersee. Wie schaut sie denn aus?"

„Wie soll ich das wissen – nach vierzig Jahren. Damals war sie blond, schlank und kräftig, und sie hatte ein gewinnendes Wesen."

„Ein was?"

„Ein gewinnendes Wesen."

„So jemanden gibt es hier nicht. Wir sind in Salzburg, lieber Herr. Da gibt es Hochkultur, kein Gewinnwesen. Da müssen Sie in die Schweiz fahren, zu den großen Banken. Oder gehen S' in die Getreidegasse, da gibt's auch eine Schweizer Bank. Vielleicht arbeitet sie ja dort." Sie wandte sich von mir ab, um zu demonstrieren, daß die Auskunft für sie jetzt beendet sei.

„Nein, nein!", bettelte ich. „Sie arbeitet seit vielen Jahren bei den Festspielen. Im Stab der Festspielleitung."

„Ich bin erst seit zwei Jahren hier. Diese Auskunft können Sie von mir nicht verlangen, das ist eine Zumutung." Gnädigerweise wandte sie sich mir doch noch einmal zu. „Wenn die Dame so weit oben … dann darf ich schon gar nichts sagen. Sicherheitsbestimmung. In der Stadt geht's ja rund. Soll ich ihr Grüße ausrichten?"

„Aber Sie kennen sie ja nicht!"

„Das stimmt. Aber wenn ich mich erkundige, werde ich sie schon finden. Wie ist denn der werte Name?"

„Ich weiß es nicht!", schrie ich zurück. „In diesem Fall hätte ich ja anders gefragt. Sehen Sie, ich wollte doch nur … Mein Auftritt sollte eine Überraschung sein. Wie ein Deus ex Machina", fügte ich hinzu und zwang mich zu einem gewinnenden Lächeln. Die Mühe hätte ich mir sparen können, die Dame sah mich an, als würde sie dem Mondkalb gegenüberstehen.

„Die Besetzungsliste vom *Jedermann* können Sie im Internet nachschauen", sagte sie. Ich hatte den Eindruck, mit einem Anrufbeantworter zu sprechen. „Heuer is' es zum letzten Mal der Morelli. *Jedermann*, Sie verstehen. Der is' sehr gut, an den hab ich mich schon gewöhnt."

Da öffnete sich eine Nebentüre, heraus kam eine füllige Frau. Sie ging schwer an zwei Krücken und hatte Mühe, die schwere Türe hinter sich zu schließen.

Eine Ahnung machte sich in mir breit. „Elfi?", rief ich. „Elfi Poschacher?"

Die Frau kam näher und schaute mir in die Augen. „Groll, du Saubartl!", sagte sie entsetzt. „Was sitzt denn du im Rollstuhl?"

„Frau Magister!", rief die Dame vom Kartenbüro.

Wenig später saß ich mit meiner Elfi im Café Glockenspiel auf dem Mozartplatz. Das Leben war nicht spurlos an uns vorübergegangen, das war nicht zu leugnen. Aber die alte Vertrautheit war rasch wieder da. Elfi hatte zwei gescheiterte Ehen und drei verpatzte Hüftoperationen hinter sich. Aber beruflich ging es ihr gut. Sie war die Vizechefin des gesamten Kartenbüros, ohne sie waren Marketing und Verkauf der Festspiele undenkbar. Sie berichtete mit einigem Stolz davon und ich zollte ehrlichen Respekt. Von ein paar Flunkereien abgesehen, berichtete dann ich aus meinem Leben, wobei ich versuchte, die wirklich schlimmen Einbrüche zu verharmlosen und die üblichen Katastrophen schönzureden. Jedenfalls erfuhr sie, daß die vergangenen Jahrzehnte bei mir nicht nur von Wohlstand, Anerkennung und Liebesglück geprägt waren. Es habe da Talfahrten im persönlichen Börsenkurs gegeben, räumte ich ein, schloß aber mit der optimistischen Aussicht, daß ich immerhin noch kreditfähig und bei einigen Freunden und Freundinnen an vorderer Stelle gelistet sei. Mein gegenwärtiger Aufenthalt gelte einer vertrackten Geschäftssache, im Grunde sei es eine Beratertätigkeit für eine sehr wohlhabende aber etwas verstrudelte Person, die ein bißchen Ansprache während der Festspielzeit suche.

Elfi nickte verständnisvoll und fragte mich, ob ich ein Tier hätte. Menschen, denen das Schicksal üble Streiche spiele, würden sich unter tierischer Betreuung wieder erfangen. Selbst ein kleines Aufblühen könne nicht ausgeschlossen werden, sagte Elfi und warf mir einen koketten Blick zu.

Ich hätte zu Hause einen Esel, sagte ich, drei Enten und etliche Hühner, ein Biber namens Emil schaue auch immer wieder vorbei. Die Tiere gehörten nicht mir, sondern einem Freund, der am Marchfeldkanal bei Wien eine Art Arche Noah betreibe. Aber ich gelte als ideeller Mitbesitzer, und die Tiere freuten sich jedes Mal auf meine Gesellschaft und die Reste meiner Kochkünste. Der Esel fresse am liebsten Gefüllte Paprika, aber nur jene der Firma Inzersdorfer. Und schließlich – ich flüsterte ihr ins Ohr und deutete unter mich – hab ich noch den Josef, der ist eine Art Edelhund. Ich hoffte inständig, daß Josef im Halbschlaf war und meine Worte nicht hörte. Er würde mich auf der Stelle den Fiakerpferden auf dem Mozartplatz zum Fraß vorwerfen.

„Meinen geliebten Simmerl hab ich zu Pfingsten verloren", erzählte Elfi mit belegter Stimme. „Er wurde hinter dem Dom ermordet. Du mußt wissen, der Simmerl war ein Festspielhund, er liebte Pomp und Inszenierungen. Je schriller, desto besser. Am hellichten Tag wurde er von einem Reinigungsauto überfahren, während ich ein Kartenkontingent für eine zwanzigköpfige Delegation des Ungarischen Parlaments auftrieb. Die Mörder schleppten seinen Kadaver zum Domplatz und ließen ihn auf der Prunktreppe liegen." Ich bekundete mein Beileid, Elfi wischte sich mit einer großen Geste eine Träne von den Augen.

„Stattdessen hab ich jetzt Zierfische, die braucht man nicht äußerln führen", fuhr sie nach einer Anstandspause fort. „Bloß fressen sich die depperten Viecher gegenseitig auf. Ich muß laufend für Nachschub sorgen."

Endlich gelang es mir, das Gespräch auf die Festspiele und die Puppen zu bringen. Sie stammten tatsächlich aus dem Fundus der Festspiele, sie waren „in Verstoß" geraten, eine amerikanische Filmgesellschaft sei dabei, eine Serie über die Salzburg-Verbindungen einer US-amerikanischen Mafiosa zu drehen. Die Firma hatte mit den Festspielen einen Vertrag über die Mitnutzung des Kostümfundus geschlossen, wobei zwei Wochen vor Beginn der Festspiele alle Leihstücke wieder an ihrem Platz sein sollten. Offensichtlich war die Rückgabe nicht kontrolliert worden. Oder einige Angestellte wollten sich ein Zubrot verdienen.

Auch sei mehrfach im Fundus eingebrochen worden, so Elfi. Und der zuständige Mitarbeiter sei am Morgen in der Nähe des Schlosses Leopoldskron tot aufgefunden worden. Es gebe keinen Hinweis für ein Fremdverschulden.

„Aber seltsam ist es schon", bemerkte Elfi. „Gestern vor Dienstschluß hab ich den Obwascher Schorsch noch gesehen. Ein angenehmer Kollege, zurückhaltend und verläßlich. Im Fundus war er der unumschränkte Herrscher."

Ich erkundigte mich noch nach dem genauen Ort, an dem die Leiche des Festspielbeamten gefunden wurde.

„Bei der Schießstatt, wo der Schorsch im ehemaligen Scharfrichterhaus wohnte", erwiderte Elfi.

Madames Informantin war also doch nicht so schlecht.

„Erzbischof Max Gandolf von Kuenburg ließ dort im späten 17. Jahrhundert die sogenannten Zauberbuben verbrennen, hundertfünfzig Buben und Mädchen, die sich als Bettler durchbrachten, unter ihnen Vier- und Fünfjährige. Der Innsbrucker Rechtsprofessor Frölich von Frölichsburg gab dem Massenmord seinen Sanktus und der Erzbischof wusch seine Hände in Unschuld. Aber einen haben sie nicht bekommen, den ‚Schinder-Jackl' aus Werfen, Sohn der Barbara Koller, die als Abdeckerin oder Schinderin arbeitete und nach eingehender Folter als Hexe verbrannt wurde. Der Schinder-Jackl scharte Freunde um sich und verschwand. In der Folgezeit lag hin und wieder ein Beamter oder ein Priester tot im Moor oder wurde schrecklich zugerichtet von der Salzach angetrieben. Es hieß, der Schinder-Jackl sei im Hochkönig verschwunden. Und daß er wiederkommen werde mit seinen Leuten, aber als Wolf. Und dann gehe es ans Aufräumen mit den Mördern aus der Bischofsstadt."

Der Ruf „Jedermann!" ertönte zweimal, dann hatte Elfi ihr Handy parat. Sie wischte und tippte darauf herum und seufzte schwer.

„Schlechte Nachrichten?"

Sie nickte. „Seit Tagen gibt es Hackerangriffe auf die Kartenstelle. Alle verfügbaren IT-Zampanos wurden kontaktiert. Einem Spitzenmann des Bundesrechenzentrums ist es nun gelungen, die Spuren der Angreifer nach Oregon zurückzuverfolgen."

„Oregon? Keine Russen, Chinesen oder Nordkoreaner?"

„Alles deutet auf mehrere Großserver in der Nähe von Portland hin. Unsere Rechner wurden unterwandert, und so laufen hinter der Alltagsroutine ständig wechselnde Programme, die Kartenreservierungen löschen, verschieben oder anderen Namen zuschanzen. Wenn man ein hochpreisiges Kunstfestival ins Mark treffen will, dann damit."

„Aber wenn die Fehlerquelle bekannt ist, kann es ja nicht lange dauern, bis eine neue Firewall aufgebaut ist", warf ich ein.

„Leider nein", erwiderte Elfi. „Der Virus mutiert mit der Intensität seiner Befassung. Unsere Techniker laufen den Hackern immer hinterher."

Langsam fuhren zwei schwarze Mercedes-SUVs auf den Platz und blieben beim Durchgang zum Dom stehen. Mehrere schwarz uniformierte Männer stiegen aus.

„Die kenne ich", sagte Elfi. „Sie wollten Karten für den *Don Giovanni*. Ist aber alles ausverkauft. Dann, auf einmal, kommt der Ukas von ganz oben: Gute Plätze für die Herren in Schwarz in der Nähe des Notausgangs."

„Und eine Zufahrtsgenehmigung in den gesperrten Festspielbezirk", ergänzte ich.

„Eine Draufgabe", sagte Elfi und packte das Handy weg. Sie rief den Ober, ich hob zum Protest die Hände, aber sie sagte nur: „Hier habe ich Heimvorteil." Sie zahlte und ließ sich die Rechnung geben. Nachdem sie sich mühsam hochgestemmt hatte, warf sie mir ein jugendliches Lächeln zu. „Wir sehen uns!", sagte sie und stakte mit ihren Krücken davon. Aus einiger Entfernung sah sie aus wie ein Reiher vor dem Abheben.

Ich drehte noch eine Runde in der Altstadt und kam an der Blauen Gans vorbei, in der Madame abgestiegen war. Schließlich stillte ich meinen Hunger in einem Durchgang zur Salzach und machte Bekanntschaft mit der schärfsten Bosna-Wurst, die ich je gegessen hatte. Auch in der Altstadt kam es zu einer Menschenansammlung. In einer Konditorei, die von sich behauptete, die wahrhaft originalen Mozartkugeln herzustellen, war ein Kessel geplatzt und hunderte Liter flüssige Schokolade ergossen sich über die Gasse. Anrainer versuchten, das Geschenk mit Töpfen und Pfannen aufzufangen. Ich zog mich zu einem späten Nachmittagsschläfchen zurück. Mit dem Dozenten wollte ich mich bei Einbruch der Dunkelheit am Mirabellplatz treffen. Im Mohren fragte mich das Zimmermädchen, ob sie mir etwas zeigen dürfe.

„Nicht jetzt", sagte ich. „Ich bin müde, muß mein Kreuz ausrasten. So flach ist die Altstadt nicht. Morgen, nach dem Frühstück. Aber nicht vor 9 Uhr."

„Dann werd' ich das Frühstück dem gnädigen Herrn heraufbringen. Wenn ich darf."

„Ich bitte darum."

Im Zimmer schaute ich auf die Salzach hinunter und sah drei schwarze Geländewagen, die die Staatsbrücke Richtung Innenstadt überquerten. Ich wollte noch über den Dozenten nachdenken, wie es ihm wohl mit seiner Bekannten ergangen war. Aber kaum hatte ich mich im Bett auf die Seite gedreht, war ich auch schon eingeschlafen.

6. Kapitel

Artenvielfalt am Busbahnhof.
Anarchists at work.
Wolfgang Amadé in Lebensgefahr.
Ein templum salvavita und Ottavio Unschlicht,
ein Mann mit dem zweiten Gesicht

Als ich erwachte, war es bereits dunkel. Ich sprintete zum Café Bellini's, es war geschlossen. Ich ging davon aus, daß der Dozent ebenso auf der Suche war. Also begann ich damit, am Mirabellplatz Runden zu drehen. In den siebziger Jahren hatte ich mich hier stundenlang herumgetrieben und die Autobusse aus aller Herren Länder protokolliert. Um mir die Zeit zu vertreiben, hielt ich im Geist Zwiesprache mit dem Dozenten. Damals hätte man vor der Kirche belgische Van Hool, schwedische Scania, Irizar-Busse aus dem Baskenland, französische Berliet und Heuliez, tschechische Tatra- und LIAZ-Busse sowie griechische Steyr-Klons bewundern können, erklärte ich. Dazu seien ungarische Ikarus-Reisebusse, polnische San, englische Bedford und Seddon, holländische Bova und DAF gekommen. Und jede Menge deutsche Neoplan, MAN, Magirus-Deutz und Mercedes, schweizerische Saurer und Berna, italienische OM- und Alfa-Romeo-Busse sowie öster-reichische Gräf & Stift. Es habe damals keinen Ort auf der Welt gegeben, an dem eine derart große Vielfalt an

Autobussen zu bestaunen war. An der Anzahl und Vielfalt von Reisebussen am Mirabellplatz habe man ablesen können, daß Salzburg den Status einer kulturellen Weltmarke erreicht hatte. Ein Besuch des *Jedermann* mit Curd Jürgens, Senta Berger oder Maximilian Schell war damals auch schon für schmale Geldbörsen erschwinglich.

Der Dozent würde einwerfen, daß seine Mamà, eine Festspielbesucherin der ersten Stunde, jedes Jahr mit dem Direktions-Jaguar von Wien anreiste. Ich würde den Kommentar geflissentlich überhören und fortfahren. Damals seien ja wenige Touristen mit dem Flugzeug nach Salzburg gekommen, Busreisen hätten auch die langsamen und unbequemen Züge ausgestochen.

Vom Dozenten war nach wie vor nichts zu sehen. Ich gesellte mich zu ein paar Nachtschwärmern, die einen Würstelstand am östlichen Ende des weitläufigen Platzes umlagerten. Die Gruppe bestand aus jungen Männern, die durch ihr breites Amerikanisch leicht einzuordnen waren, und einem hageren Mann mit strähnigen weißen Haaren, die durch einen Zopf gebändigt wurden. Ein Ziegenbart und eine gähnende Zahnlücke in den oberen Schneidezähnen verliehen ihm ein verwegenes Aussehen. Er stand etwas abseits und überblickte wie ein Dirigent das Geschehen. Er trug ein nobles Jackett, es war von derselben Machart wie die Jacketts der Puppen. In der Kombüse herrschte ein breitschultriger Mann in fortgeschrittenem Alter über die Würste. An der rückwärtigen Wand des

Standes prangte eine Milchglastafel, auf der Spezialitäten angeboten wurden: Spezialwürste namens Bardiccio fiorentino oder Salsiccia matta aus Florenz oder der lombardischen Bastardei, Rohwürstchen aus Cremona, aber auch Kolbász aus Gyula in Ostungarn, Chorizo aus Barcelona, Loukanika aus Korinth und Sheftalies aus Zypern.

„In der Welt berühmtester Festspielstadt muß auch das Imbißgeschäft weltoffen sein", sagte der Mann mit dem Jackett, dem mein Interesse aufgefallen war. „Der geistige Schöpfer der Liste steht vor Ihnen. Gestatten: Unschlicht, Ottavio Unschlicht. Ich bin Rhetor und Eidetiker. Ich merke mir alles, was ich einmal gelesen habe. Und im Zweitberuf habe ich das zweite Gesicht."

Der Mann hinter den Würsten lächelte.

„Freut mich, Ihre Bekanntschaft zu machen", sagte ich zu dem schrägen Vogel. „Mein Name ist Groll, ich habe weder einen Vornamen noch einen Beruf", erwiderte ich.

„Warum so bescheiden?", rief Unschlicht. „Sie sehen nicht so aus, als würden Sie untätig zu Hause sitzen. Sie mögen keinen Beruf haben, sehr wohl aber sehe ich Ihnen an, daß Sie eine Berufung haben und einer Betätigung nachgehen, einer durchaus qualifizierten noch dazu."

„Er denkt sich die Liste aus, und ich habe das Gfrett mit den Lieferketten", sagte da der Mann hinter den Würsten in breitem Weststeirisch. „Aber so kommt man eben zu einer USP."

„Unique Selling Position, Alleinstellungsmerkmal", sagte der Dozent über meine Schulter und fügte vorwurfsvoll hinzu, er habe mich überall gesucht.

Ich nahm ihn zur Seite. „Die Truppe ist verrückt. Ich würde gern ihre Hintergründe auskundschaften. Darf ich fragen, wie Ihr Treffen mit der Jugendliebe verlaufen ist? Lodert das alte Feuer wieder hoch?"

Der Dozent verzog das Gesicht. Das Rendezvous mit seiner alten Bekannten habe einen seltsamen Verlauf genommen, sagte er. Und zu allem Übel sei noch der Nepp im italienischen Restaurant gekommen. 30 Euro für gebackene Zucchiniblüten mit ein paar zerkochten Tagliatelle und ein mittelmäßiger Bardolino um 9 Euro das Glas seien im New Yorker Tribeca oder beim Dommayer in Wien-Hietzing Standard. Zuerst habe die Freude über das Wiedersehen überwogen, dann aber bei Fortdauer des Gesprächs habe er feststellen müssen, daß seine Jugendliebe immer wieder von größeren Absenzen heimgesucht wurde. Sie sei einfach dagesessen und habe in die Luft gestarrt. „Für jemanden wie mich, der ohnehin nicht durch ein Übermaß an Selbstvertrauen gesegnet ist, zerrt das an den Nerven. Man fühlt sich wie ausgelöscht."

„Hat sie etwas von den Festspielen erzählt?"

„Schon, aber ich bezweifle, daß Sie damit etwas anfangen können."

„Probieren Sie's", munterte ich ihn auf.

Und dann erzählte der Dozent von einem allgemeinen Chaos, das sich nicht nur im Stab der Festspiele ausgebreitet hatte, sondern darüber hinaus auch die Stadt-regierung und die Sicherheitsbehörden ergriffen habe.

„Maßgeblich daran beteiligt sei ein Computervirus, der die elektronischen Datenautobahnen in einen Sumpf habe münden lassen, aus dem es kein Entrinnen gibt. Dazu kommen ungeklärte Todesfälle im Umkreis der Festspiele und eine Häufung von Bränden und Ver-kehrsunfällen."

„Und dann wären da auch noch die Puppen!"

„Sechs mittlerweile!", sagte der Dozent mit einem Blick auf sein Smartphone. „Die letzten wurden im Lehener Sohlekraftwerk, im Weinkeller des Schlosses Kleßheim und im Garten des Akademischen Gymnasiums auf dem Rainberg gefunden. Und dann gab es noch zwei Puppen im Dirndl, von denen die eine auf der Aus-sichtsterrasse des Museums der Moderne auf dem Mönchsberg und die andere in einer Bäckerei in der Gstättengasse plaziert wurde. Wahrscheinlich Tritt-brettfahrer."

„Auch kopflos?"

„Teils, teils."

Der Mann mit dem zweiten Gesicht war näher gerückt, er schien etwas aufgeschnappt zu haben. Auch der Amerikaner mit der Stoppelfrisur war aufmerksam geworden.

„Und Ihre … Ihre Bekannte ist von all dem überfordert", fuhr ich fort.

„Ist das ein Wunder?", sagte der Dozent. „Ein ruhiger Bankjob, der dreimal in der Woche ein Gespräch mit einem Millionär oder einer Millionärin umfasst, sieht anders aus."

„Warum geht sie nicht zurück in die Bank?"

„Weil sie eine Art Schnittstelle von Bank und Festspielen verkörpert. Bei den Festspielen geht es nicht nur um die Kultur, sondern auch ums Geschäft."

„Was Sie nicht sagen." Ich schüttelte mich wie ein Hund sich schüttelt, der aus der Salzach stapft.

„Ist Ihnen schlecht?", fragt der Dozent.

„Was bin ich froh, daß ich keine lebende Schnittstelle bin! Ich würde eine Blutspur hinter mir herziehen", sagte ich laut und bestimmt.

Der Biertrinker mit der Stoppelfrisur grinste.

„Die Herren reden von einer Blutspur …", mischte sich da der Rhetor ein. „Darf ich Ihre Aufmerksamkeit bei dieser Gelegenheit auf eine Biroldo, eine toskanische Blutwurst, lenken? Man findet sie in den Bergen rund um Lucca, sie ist eine Offenbarung. Puccini hat sich von ihr ernährt."

Ich wandte mich dem Rhetor zu, deutete auf sein Jackett und fragte, wo man das edle Stück erwerben könne.

„Ich nehme an, bei einem Schneider in der Savile Row in Mayfair. Das ist in London", fügte er hinzu. „Das Jackett ist ein Geschenk von meinen amerikanischen Freunden", sagte er und lächelte den beiden zu.

In diesem Moment stieß eine zierliche blonde Frau mit Kurzhaarfrisur zur Truppe, sie hatte einen großgewachsenen Mann mit rötlichem Teint im Schlepptau, er trug seine schwarzen Haare offen und erwiderte ihre

Liebesbezeugungen recht nachlässig. Er war um einiges älter als seine Kollegen. Einer der Amerikaner, ein zappeliger Jüngling, der mit seiner Wurst kämpfte, warf neidische Blicke auf die Blonde und den Indianer, er beruhigte sich erst, als die junge Frau ihm eine Hand auf die Schulter legte und ein Stück Wurst erbettelte. Kaum hatte sie gekostet, begann sie zu tanzen und mit den Händen durch die Luft zu fahren, als hätte sie sich verbrannt. Der dritte Mann im Bunde, ein gedrungener Rothaariger mit Stoppelglatze, der in einem fort Stiegl-Bier aus der Dose trank, grinste. Vor ihm stand ein Teller mit zwei dünnen Würsten, eine war unberührt, von der anderen fehlte die Spitze.

„Was darf ich den Herren kredenzen?", meldete sich der Standler.

Ich verlangte zypriotische Sheftalies, dazu Krautsalat und ein KEO-Bier. Auch das hatte der Zauberstand vorrätig. „Sie wissen, daß diese Marke einst der zypriotischen Kirche gehörte, sie ist jetzt noch mit etlichen Prozent beteiligt", sagte der Meister der Würste.

Ich nickte. „Ich trinke dieses Bier nicht seiner geistlichen, sondern seiner weltlichen Dimension wegen", sagte ich und deutete auf das runde Wappen auf der Dose, in dem einige Worte zu lesen waren. Ich reichte dem Wurstmann die Dose, er las: „Be happy and drink well". Verhaltenes Lachen in der Runde war die Folge.

Der Dozent beschied sich mit einer fetten ungarischen Wurst und drei Stück Brot. Er schloß sich meiner Getränkewahl an.

„Während die hungrigen Herren ihre Menage ver-
putzen, darf ich vielleicht mit einer kleinen Geschichte
aufwarten, die wie jede gute Geschichte einen aus-
geprägten Lokalbezug aufweist, gleichzeitig aber mit
der Welt im Bunde steht."

„Wir bitten darum", sagte der Dozent und biß krachend
in seine Wurst. Fett spritzte unmittelbar neben dem
Indianer auf den Boden. Er blieb ungerührt, der Dozent hob zur Entschuldigung die Hände. Ich fuhr ein
paar Schritte zurück.

„Die Geschichte handelt von der Lebensrettung des
kleinen Amadé Mozart", begann Unschlicht. Er hatte
die Hände hinter dem Rücken verschränkt.

„Eine exklusive Geschichte, kann man in keinem
Reiseführer lesen!", erhöhte der Wurstmeister die
Spannung.

Und dann erzählte der Mann namens Unschlicht mit
einer angenehm dunklen Stimme: „Es ist allgemein
bekannt, daß der junge Mozart oft kränkelte. 1764
sollte er auf Konzertreise nach England gehen, aber im
strengen Winter war der Kleine sehr krank, ja er lag
zum Sterben darnieder. Es zog ihn nicht einmal ans
Klavier. Der Arzt empfahl dem Fiebernden den Himm-
lischen und ward nicht mehr gesehen. In seiner Verzweiflung pilgerte Vater Leopold hierher und holte
Leberkässemmeln. Drei Tage später war der kleine
Wolfgang gesund. Und die umjubelte Tournee in
England öffnete dem Wunderknaben Königshöfe und
Konzertsäle. Man kann also mit Fug und Recht sagen,

daß ohne die Leberkässemmeln seines Vorläufer-besitzers", er deutete auf den Weststeirer und zog wie Don Giovanni imaginär seinen Hut, „die Musik-geschichte um einen ihrer Größten ärmer wäre. Und Salzburg wäre ein Provinznest mit Speckknödel-Festivals und Blut-und-Boden-Folklore. Sie sehen, der Stand trägt zu Recht den Namen ‚Mozarts Remedy‘, auf lateinisch *templum salvavita.*"

„Was heißt ‚Remedy‘?", flüsterte ich dem Dozenten zu.

„Rettung, Heilmittel", wisperte er zurück.

Ich fuhr ein paar Schritte zur Seite und konnte jetzt erst das barockisierende Namensschild an der Stirnseite des Standes erkennen. Das sei in der Tat eine Ge-schichte, die sich ein würdevolles Schild verdient habe, sagte ich zu Unschlicht. Er nahm das Lob mit einem gnädigen Nicken entgegen.

Der Wurstkönig lieferte dann noch ein paar Details nach, die sich um den historischen Hintergrund der Leber-käseproduktion durch einen aus Mannheim stammen-den Metzger am Münchner Kurfürstenhof drehten. Zur Inspiration hätten dem findigen Mann französische Paste-ten und Terrinen gedient. So habe er fein gehacktes Schweine- und Rindfleisch in einer Kasten- oder Käse-laibform gebacken. Mit Leber habe die Brühwurst nichts zu tun, das Wort „leber" stamme von einem altdeutschen Dialektwort und meine „rest im kasten". So sei die Wurst zu ihrem verwirrenden Namen gekommen.

Unterdessen war unter den Amerikanern ein Streit entbrannt, den ich nur bruchstückhaft nachvollziehen konnte. Immer wieder fielen die Worte „Deep Green Resistance", und der Name Ted Kaczynski wurde mit Ehrfurcht und Bewunderung genannt. Unschlicht bemerkte meine Verwirrung und trat näher. „Ted Kaczynski ist ein hoch talentierter amerikanischer Mathematiker, der sich den siebziger Jahren von seinem Job an einer kalifornischen Uni zurückzog und in die Wälder ging, wo er als Selbstversorger lebte", erzählte er. „Der Mensch sei dem industriellen System schutzlos ausgeliefert, verliere seine Freiheit und menschliche Würde. Minderwertigkeitskomplexe, Depressionen und Massensuizide seien die Folge. So Kaczynski."

„Was für ein Unsinn!", entfuhr es dem Dozenten.

„Glauben Sie?", sagte Unschlicht mit einem spöttischen Lächeln. „Meine Freunde vom Film und ich sehen das ein wenig anders. Jedermann, der nachdenkt, muß zu ähnlichen Anschauungen kommen. Gerade die Stadt des *Jedermann* könnte hier eine wichtige Rolle spielen."

„Erzählen Sie weiter", bat ich und warf dem Dozenten einen tadelnden Blick zu. Ich wollte wissen, was es mit diesem Rhetor auf sich hatte, wollte ihn bei seiner Eitelkeit packen und zum Reden animieren. Daß die jungen Amis ein ausgeprägtes Interesse für den Öko-anarchismus an den Tag legten, ließ in mir angesichts des *Salzburg Manifestos* und den über die Stadt verteilten Puppen alle Alarmglocken schrillen.

Unschlicht fuhr fort. „Kaczynski war der Auffassung, daß der Mensch durch den Wegfall des täglichen Überlebenskampfes auf unbefriedigende Ersatztätigkeiten zurückgreife. Dazu rechnete er das Streben nach hohen Positionen im industriellen und bürokratischen Getriebe, den Erwerb von Geld und materiellen Gütern, aber auch wissenschaftliches und künstlerisches Schaffen und sozialen Aktivismus, der sich unwichtigen Nebenfragen zuwende. Daraufhin zog er die Konsequenz und begann ab dem Ende der siebziger Jahre Briefbomben an Repräsentanten des industriellen Systems zu versenden. Seine Bomben töteten drei Menschen und forderten dreiundzwanzig teils schwer Verletzte. Bevor seine Identität bekannt wurde – sein Bruder hatte ihn überführt –, bezeichnete das FBI und daraufhin die Presse ihn als ‚Unabomber‘ (university and airline bomber), da seine ersten Bomben Universitätsprofessoren oder Fluggesellschaften zum Ziel gehabt hatten. Die Ermittlungen und die Fahndung waren damals die längsten und teuersten in der Geschichte des FBI. Im Juni 1995 verschickte Kaczynski anonym ein Manifest mit dem Titel *Die industrielle Gesellschaft und ihre Zukunft*, auch bekannt als Unabomber-Manifest, an die *New York Times* und die *Washington Post* mit dem Angebot, die Bombenattentate zu beenden, falls diese das Manifest veröffentlichen würden. Beide Zeitungen druckten den Text, nachdem Staatsanwälte und das FBI ihre Zustimmung erteilt hatten. Ein Jahr darauf wurde Kaczynski gefaßt und zu lebenslänglicher Haft verurteilt. Er sitzt seither in einem Hochsicherheitsgefängnis in Florence, South Carolina, ein. Im Übrigen bediente sich Anders Behring Breivik, der norwegische Todesschütze, der im

Regierungsviertel von Oslo acht Menschen durch eine Autobombe tötete und auf einer Ferieninsel eine halbe Autostunde entfernt neunundsechzig Jugendliche erschoß, die Teilnehmer eines sozialdemokratischen Feriencamps waren, ausgiebig bei Kaczynski. Die damalige norwegische Ministerpräsidentin Gro Harlem Brundland, eine Sozialdemokratin, hatte vor den Jugendlichen eine Rede gehalten. Sie verdankt ihr Leben der Tatsache, daß Breivik sich bei der Anreise verspätete. In einem umfangreichen Text, den der Attentäter vor dem Anschlag ins Internet stellte, attackiert er die menschenrechtsfreundliche Ausländerpolitik Norwegens, und in seinem antiislamischen Furor bezieht er sich auf die Abwehrschlacht der christlichen Koalitionsheere gegen die Türken im Jahr 1683 vor Wien. Dabei übernimmt er wichtige Teile von Kaczynskis Manifest."

Der Dozent hatte eifrig in seinen Block geschrieben, was dem Rhetor sichtlich schmeichelte.

Der kurzhaarigen Amerikanerin schien die Verbindung ihrer ökoanarchistischen Weltanschauung, die sich ja auch auf Kaczynski stützte, mit dem rechtsextremistischen Norweger ganz und gar nicht zu passen. In einem Redeschwall, der teils amerikanisch, teils deutsch ausfiel, überschüttete sie Unschlicht mit Vorwürfen. Er habe keine Ahnung von der Tiefe der Krise, in der der Planet sich befinde, man müsse alle Kräfte zur Abwehr der größten Gefahren bündeln. Beim gegenwärtigen Stand seien es vorwiegend finanzielle Mittel, die für den Kampf gesammelt werden müßten. In diesem Zusammenhang erwähnte sie den Namen des Kunsthändlers Gurlitt. Sie erkundigte sich nach der Adresse seines Salzburger Hauses und wollte wissen, ob sich darin vielleicht noch Kunstwerke befänden, die einst von den Nazis geraubt worden waren. Der Verkauf einiger Bilder aus der Raubkunstsammlung würde ihre Finanzsorgen und ihr Hungerleiderdasein mit einem Schlag beseitigen, sagte sie auf Amerikanisch zu ihren Kollegen.

Die Frau gefiel mir, ihr Auftreten war selbstbewußt und bestimmt. Sie schien die Chefin der Amitruppe zu sein. Wofür ich allerdings keine Erklärung hatte, war ein in mir wachsendes Mißtrauen. Welches amerikanische Mitglied einer oberflächlichen Fernsehproduktion hat je vom NS-Kunsthändler Gurlitt gehört? Und: Welcher junge Amerikaner interessiert sich heutzutage für den Ökoanarchismus?

Als der Name Gurlitt fiel, begann Unschlicht zu zappeln. Als tobte in ihm ein Kampf zwischen Verschwiegenheit und Eitelkeit. Der Kampf dauerte nicht lange.

Er habe den Mann gut gekannt, erklärte Unschlicht. Er selbst lebe in einer Mansardenwohnung in Aigen, einem ruhigen Vorstadtviertel. Gurlitt habe zwei Häuser weiter in der Carl-Storch-Straße 9 gewohnt. Jener Kunsthändler Cornelius Gurlitt, der hunderte Gemälde, darunter Werke von Manet, Monet, Renoir und Picasso hortete, unter ihnen viele von seinem Vater in der NS-

Zeit „arisierte" Werke. Vor zehn Jahren habe Gurlitt in Köln ein Bild von Max Beckmann versteigern lassen, der Erlös sei knapp unter einer Million gelegen.

Die Blonde nickte ihren Kollegen wissend zu.

„Auf der Straße und im Café um die Ecke grüßten wir uns zwar, seine Freundlichkeit war aber distanziert", erzählte Unschlicht weiter. „Aber eines Tages durchbrach Gurlitt die Zurückhaltung. Am 12. Juni 1994 kam er am frühen Abend auf der Gasse mit ausgebreiteten Armen auf mich zu und umarmte mich. Seine Schnapsfahne war nicht zu übersehen. ,Zwei Drittel für den Beitritt!', rief er außer sich vor Freude, ,Endlich hat es mit den Nazis in Salzburg ein Ende!' Ich war damals kein Freund der EU und bin es auch heute nicht. Daß zwei Drittel der Österreicher sich der Europäischen Union anschließen wollten, stimmte mich nachdenklich, denn ich konnte aus der Geschichte der Neuzeit unschwer ableiten, daß die Österreicher, wenn es um Politik geht, Schlitzohren sind. Die EU wisse nicht, wen sie sich da eingehandelt hatte. Wie sich zeigte, sollte ich, Ottavio Unschlicht, Recht behalten. Österreich entpuppte sich als ein in den Holocaust verstricktes Land, das eine Nachfolgepartei der NSDAP regierungsfähig machte und diese Schweinerei auch noch wiederholte. Und was weiß ich wie oft noch wiederholen wird!"

Unvermittelt wandte Unschlicht sich der Blonden zu. Ob sie je von den „Weathermen" gehört habe, fragte er schneidend scharf. „So nannte sich eine Gruppe von

Ökoanarchisten in den siebziger Jahren, ihr Name bezog sich auf einen Song von Bob Dylan, in dem es heißt, ‚you don't need a weather man to know which way the wind blows'." Die Frau nickte. „Robert Redford hat darüber einen Film gedreht, überlebende Mitglieder der Truppe, die sich ein zweites, ziviles Leben aufgebaut haben, fliegen auf und werden vom CIA gejagt. Mit Julie Christie und Robert Redford in den Hauptrollen. Der Film heißt *Die Akte Grant*. Großartig!"

„Alles Weiße!", sagte ihr Freund, der Indianer. Er hatte den Arm um ihre Schultern gelegt. „Das mußte ja schiefgehen!"

Für heute hatte ich von den seltsamen Herrschaften genug. Ich wartete noch ab, bis der Dozent seine ungarische Kolbász unter mehrfachem Stöhnen aufgegessen hatte. Der Standler hatte in der Zwischenzeit drei Schnapsgläser mit einer bernsteinfarbenen Flüssigkeit gefüllt.

„Darf ich die Herren mit einem Stamperl Arrack verabschieden? Mozart lernte ihn auf seiner ersten Englandreise kennen, er war sein Lieblingsgetränk."

Der süßliche Schnaps stieg mir rasch zu Kopf und es blieb nicht bei einer Runde. Ordentlich illuminiert landete ich schließlich in meinem Hotelbett und rätselte, wie Mozart in diesem Zustand komponieren konnte. Dann riß der Film.

7. Kapitel

Franz Schubert in Salzburg.
Er vergißt eine Symphonie und läßt ein schwangeres
Stubenmädchen zurück.
Goldrun und ihr Versuchsgelände

Am nächsten Morgen wurde ich vom Stubenmädchen und einem liebevoll zubereiteten Frühstück überrascht. Es war so üppig, daß ich gute Chancen sah, diesen Tag ohne fette Würste zubringen zu können. Ich brauchte nicht einmal aufzustehen, das Stubenmädchen zog aus einer oberen Ablage des Kleiderkastens ein Tischchen hervor und arrangierte darauf das Frühstück, das einem Sternehotel alle Ehre gemacht hätte. Sogar eine kleine weiße Rose hatte sie mitgebracht. Ohne Umschweife setzte sie sich zu mir aufs Bett. „Lassen Sie sich's gut schmecken, gnädiger Herr", sagte sie und zog aus einer Umhängetasche einen ledernen Umschlag.

„Ich hab Ihnen doch angekündigt, daß ich Ihnen etwas zeigen muß. Essen Sie ruhig weiter. Wenn Sie noch einen Kaffee wollen, bringe ich ihn. Aber geben Sie mir jetzt fünf Minuten Ihrer kostbaren Zeit." Sie schaute mich mit einem flehentlichen Gesichtsausdruck an. Da ich den Mund voll hatte, munterte ich sie mit einer Geste auf fortzufahren.

„Ich weiß ja nicht, ob Sie das wissen, gnädiger Herr. Der Herr Schubert hat's nicht leicht gehabt."

Sie sah mich forschend an. Weiter, deutete ich. Darauf las sie aus ihrem Konvolut vor.

„Seine Freunde, die nicht ohne Einfluß waren, stellten seine Werke zwar der Öffentlichkeit vor, aber Geld bekam er dafür nicht. Die Musikverlage interessierten sich nicht für seine Kompositionen, so daß wiederum seine Freunde für seinen Lebensunterhalt aufkommen mußten."

Sie war jetzt sicherer geworden. Wieder bat ich um Fortsetzung.

„Nach weiteren Auftritten in den Jahren 1818 und 1819 setzte allmählich ein gewisser Erfolg ein: Spätestens 1822 hatte der Herr Schubert durch seine Musik ein gutes Einkommen."

Sie sah auf und sprach frei.

„Der Herr Schubert hat viel gearbeitet, sechshundert Lieder und was weiß ich wie viele Symphonien und Chorlieder. Aber um eine Symphonie gab's einen Streit unter den Musikgelehrten, die meiner Meinung nach unter all dem Kulturgesindel am unteren Ende anzusiedeln sind, ich hab da Erfahrungen mit diesen Gästen. Ich kann Ihnen sagen ... der reine Graus. Somit hab ich jetzt den Kuddelmuddel um Schuberts Gmundner oder Gasteiner Symphonie im Vorbeigehen geklärt. Auf alle Fälle geht es um eine große Symphonie, nicht um irgendein Quartettl oder eine Serenad' oder was weiß ich."

Ich hätte das noch nie als Problem empfunden, erwiderte ich.

Darauf holte sie mit spitzen Fingern einen zerknitterten Brief aus ihrer Schürze und las:

„Und itzt muß sagen, daß sein viel traurig, daß der liebe Herr Schubert fort seyn mit dem löblichen Herrn Hofopernsänger Vogl, weil er ein paar Akademien in den Bergen und zwar in Gastein hatte wo er den lieben Herrn Schubert als Maskottl und Klavierbegleiter mitgenommen. Der liebe Herr Schubert nämlich möcht so gern und verzweifelt eine öffentlich Darbietung seiner groß Kompositionsstucker erleben allein seine Lieder sind recht zahlreich unter dem Musikvolk aber Conzertl oder Operas werden nicht gespielt!"

Sie sah mich prüfend an, ergötzte sich an meiner Verwirrung und setzte fort:

„Oder diese Stelle, eine Lieblingsstell' von mir: Es waxt was Kleines in meinem Bauche, wie ich anzunehmen Freud & Ehr hab, was vom lieben Herrn Schubert ein Präsentl sein möcht. Ganz sicher kann ich das aber nicht sagen, weil meine Personalarbeit im August 1825 vielfälltig ausgefallen ist. Aber ich hab die Notenblätter an mich genommen was im Kammerl liegengeblieben sind, weil der liebe Herr Schubert seiner Natur folgen mußte, die ihn in meine Arme trieb."

„Nicht aufhören", sagte ich. Sie folgte meinem Wunsch. Ihr Vortrag war jetzt sicher und ihre Begeisterung spürbar.

„Es betrug sich nämlich so, daß der liebe Herr Schubert mit dem Herrn Sänger Vogl nach einer Akademie illuminiert zum Mohren gekommen war, worauf der Herr Vogl in der Stuben einschlief und der liebe Herr Schubert einer dringlichen leiblichen Entleerung zwischen meinen Beinen bedurfte. Danach war der junge Herr so

*enthusiasmirt, daß er mir den zweiten Satz seiner Sinfonia auf
dem Drecksklavier im zweiten Stock vortrug, in einer winzigen,
zugigen Kammer mit einem kaputten Fenster, worein der Gestank
vom Markt sich mit den Ausdünstungen von der Salzach
vermischt, die unter uns die Ableitung allerlei Exkremente in
einem Abzweig vom Almbachl empfängt. Der liebe Herr Schubert
war ganz aus dem Häusl, nach dem Spiel was überirdisch ausfiel
war er so gamsig, daß er in der Kammer auf und ab gelaufen ist
und gehüpft ist wie ein Fasan auf der Balz. Dann hat er sich
wieder hingesetzt und hat eine gloriose Stell wiederholt, worauf er
wieder gehupft is' und in der Luft dirigierte und schließlich ist er
über mich hergefallen wie ein Bär aus dem Innergebirg. Wie
wenig es braucht, um einen Herrn glücklich zu machen! Ein bissl
rundes Fleisch und tutti allegro vivace und sie liegen einem zu
Füßen. Alle."*

„Großartig!", sagte ich, ehrlich ergriffen. „Wer schreibt
so was?"

Sie lächelte und setzte fort:

*„Indem ich in diesem Tempus mit anderen Herrn nicht so
freigiebig zugange war, hab ich gewußt, daß der liebe Herr
Schubert ein extraordinarii Künstler sein möcht. Diese Herrschaften
nämlich erfreuen sich eines recht ungezähmten Gemüts, jauchzen
und jubilieren wie ein Spatz im Mai und tragen immer einen
Kübel Tränen im Knopfloch."*

„Von wem …"

„Ich überspring jetzt ein paar Seiten", sagte sie und las,
nachdem sie den Brief glattgestrichen hatte. „Der
Herr Schubert schrieb aus Wien einen verzweifelten
Brief, daß er besagte Notenblätter von der *Unvollendeten*

Sinfonie in jener warmen Nacht bei uns im Mohren vergaß, aber den zeig ich Ihnen nicht, weil der is' bei meiner Familie in Sicherheit. Der wird vererbt bis in alle Ewigkeit. Und keineswegs verkauft, weil das wär' eine tiefe Sünd vor dem Gott der Muse."

„Darf ich mich nach dem werten Namen erkundigen?"

„Schubert, Franz. Reise nach Gmunden und Bad Gastein, Sommer 1825."

„Ich mein' Ihren Namen!"

Sie errötete und nuschelte etwas.

„Ich versteh' Sie nicht."

„Goldrun", sagte sie trotzig. „Hab ich doch schon einmal gesagt!"

Ich hatte den Namen tatsächlich verdrängt. „Sie heißen also Goldrun. Das ist … das ist ein seltener … und schöner Name", stammelte ich. Arme Frau, dachte ich.

„Bei uns heißen alle erstgeborenen Mädchen so."

„Ich verstehe. Und wenn es Zweitgeborene gibt?"

„Dann heißen sie Gothild, und wenn Sie weiter fragen, sag ich Ihnen, daß ein allfälliges drittes Mädchen Sieggunde heißen würde. So weit ist es aber nicht gekommen, denn in unserer Familie werden schwerpunktmäßig Buben geboren. Der älteste ist der Anton …"

„Ich kenn keinen Anton aus Salzburg", sagte ich.

„Nicht in Salzburg! In Werfen!"

„Ich kenn in Werfen nur die Poschachers und da den Toni und die Elfi."

„Die Gothild. Die bei uns nur Elfi gerufen wurde. Und mich kennen Sie auch, aber ich war noch zu klein, daß

Sie auf mich achtgegeben haben. Bei uns gab's ja immer Pflegekinder."

„Darf ich noch fragen, was aus dem Schubert-Kind geworden ist?"

„Was soll draus geworden sein? Ein Poschacher-Bub, wie die meisten anderen. Aber sehr musikalisch war er, hat gut jodeln können."

Dann fragte sie mich nach meinem Vornamen.

„Sie können Groll zu mir sagen."

„Das ist aber ein Nachname!"

„Bei mir nicht."

„Sie heißen also Groll Groll? Was für ein komischer Name. Aber die Elfi, das Piperl, hat mir schon angedeutet, daß Sie ein seltsamer Vogel sind."

„Was hat die Elfi angedeutet? Ich hab sie gestern Nachmittag zufällig getroffen. Nach Jahrzehnten!"

„Die Elfi, das Piperl, und ich pflegen, wie man so sagt, ein gutes Einvernehmen. Und so hat die Elfi mir gestern Abend von einem Jugendfreund aus Wien erzählt, der wo jetzt in der Stadt aufgetaucht ist. Die Elfi hat ja auch ein Gwirks mit dem Geläuf. So wie Sie. Oder der Ronaldo? Der hat ja auch keinen Vornamen", sagte sie und schnitt eine Grimasse, von der ich nicht sagen konnte, ob sie ironisch oder verächtlich gemeint war. „Oder der liebe Allmächtige, der Herr Gott! Der hat auch keinen Vornamen. Wie tät das denn klingen: Fridolin Gott. Oder Raul Gott. Na ja, es hat ja den Karel Gott gebeten, das war nur ein Nebengott, ein Schlagergott. Oder Gustav Gott. Gustl Gott! Du,

Herr Groll, das geht ja nicht! Das wär ja die reine Blas-, Blas …"

„Blasphemie. Man kann aber auch Blaskapelle dazu sagen. Kommt aufs selbe raus."

Da prustete sie los und es dauerte eine Weile, bis sie den Lachanfall wieder im Griff hatte. Wenn Männer auf Frauen treffen, die über die seltene Gabe eines ansteckenden Lachens verfügen, unternehmen sie alles, dieses Lachen wieder und wieder zu hören. Nicht selten fangen ernsthafte Liebeleien so an. Wenigstens in den Donauauen von Krems und Wien ist das so.

„Sie sind mir aber auch ein Lustiger, Herr Groll. Der Max Reinhardt tät Sie glatt in die Tischgesellschaft setzen."

„Das wär' etwas zu hoch gegriffen", wehrte ich ab. „Aber ich bemühe mich ständig um einen guten Ausdruck und einen nachhaltigen Eindruck."

Wieder lachte sie. „Wissen Sie, lieber Herr Groll, das teilen Sie mit dem Herrn Schubert. Der sagte zu meiner Vorfahrin ‚Ruinerl'. Du bist mein Ruinerl, hat er gesagt, wenn ich bei dir bleib, wär ich ruiniert, weil ich nie mehr aus deinem Bett rauskommen tät."

Eine Mehlspeise hatte ich mir bis zum Schluß aufgehoben, ich kostete und war überrascht. Und aß alles auf.

„Was war denn das?"

„Indische Nocken. Salzburger Nockerl mit Curryfüllung und grüner Salat mit Kurkumadressing."

„Schmeckt nicht schlecht."

„Ja, kochen können s', die Inder. Man muß die Leut' nur gewähren lassen. Mein Chef und Besitzer, der Inder, lasst mich auch gewähren. Bei der Arbeit, wohlgemerkt! Uns Poschachers haben die Besitzer immer gewähren lassen, da kannst du Gift drauf nehmen. Und gut sind's mit uns g'fahren. Die Juden, die Venezianer … Nur die Salzburger Großkopferten, die mag ich nicht verzwirbeln, die sind geldscheu und bei historischen Abzweigungen sind die immer falsch abgebogen."

Goldrun war in Fahrt gekommen. Sie zog die Beine an und umklammerte die Knie mit ihren Händen.

„Ich hab einmal einen Deutschen besucht, einen Physiklehrer. In Peenemünde. Er war eine Briefbekanntschaft, für die ich hab zahlen müssen. Fünf Adressen für tausend Schilling. Kennen Sie Peenemünde? Ich sag Ihnen: die Peene is' ein Bacherl! Bei uns wär sowas net einmal von der Salzach ein Zufluß. Aber ein Versuchsgelände, V 1, 2, 3. Sie wissen schon. Der Herr Wernher von Braun hat sogar zweimal den Herrn Krupp mit ein paar anderen hohen Nazis in Blühnbach besucht. Ein stolzer Siegfried vor dem Herrn. Zwei Meter blond und aus seinen Augen hat's geblitzt wie am Versuchsgelände, wenn wieder eine Raketn beim Abflug krepiert is'."

„Was ist mit Ihrem … Bekannten in Peenemünde geworden?"

„Nix is' draus worden. Aus ihm nicht und aus mir auch nicht."

Und auf meinen fragenden Blick sagte sie: „Wir haben grobe Anfassungsunterschiede gehabt."

„Sie meinen Auffassungsunterschiede!"

„Nein, ich weiß schon, was ich sag. Wir haben grobe Anfassungsunterschiede gehabt, was die körperliche Seite des Sex anlangt. Der fade Zipf wollt immer nur … da verhungert man ja vor der vollen Schüssel. Jedenfalls hab ich mir gesagt: Goldrun, das hast du nicht notwendig. Du fahrst nicht ans Meer wegen einer groben Vernachlässigung. Und seitdem sind die Männer *mein* Versuchsgelände! Ich probier's immer wieder. Aber die Rohrkrepierer sind nicht weniger worden."

Sie versuchte zu lachen, kam aber über ein unsicheres Krächzen nicht hinaus. Obwohl sie im landläufigen Sinn nicht zu den von der Natur verwöhnten Frauen zählte, wuchs ihr doch durch ihr lebhaftes Wesen und ihren Witz etwas Liebenswertes zu, dem es an erotischer Strahlkraft keineswegs ermangelte.

„Es bleibt mir halt koana", setzte sie fort. „Die Hundling nehmen alle Reißaus, wenn's ernst wird in der Zuneigung. Dabei hätt ich einen Batzen Liebe und einen Eimer Zärtlichkeit im Aufgebot und gegen eine gediegene Sauerei sowohl oben als auch unten herum hab ich auch nichts."

Ich zog mich ins Badezimmer zurück. Als ich zurückkehrte, lag Goldrun in meinem Bett und machte mit den Fingern einer Hand das V-Zeichen.

8. Kapitel

*„Auf der Damentoilette der Felsenreitschule trifft Virginia Hill
aus Alabama auf Rosemarie Nitribitt aus Düsseldorf".
Ein Libretto für Luigi Nono*

Goldrun war ein Goldmädchen, und ich sagte ihr das
auch. Wie eine Feder entschwebte sie meinem Bett und
verließ die Kammer. Ich dachte an Madame und an
meine Arbeit und stützte mich auf die Ellbogen. Beim
Transfer auf den Rollstuhl blieb ich mit der Unterhose
an den Bremsen hängen, worauf die Schutzkappe eines
Bremshebels abgesprengt wurde und unter das Bett
kollerte. Sofort machte ich mich auf die Suche. Ohne
Schutzkappe aus Hartgummi war die Bremse nur ein
fingerbreiter Stahlstift, der sich beim Arretieren am
Reifen tief in den Handballen einschnitt. Das will man
bei den vielen dutzend Öffnungs- und Schließmanövern
pro Tag nicht haben. Ich wechselte also aufs Bett
zurück. Goldruns Parfüm war noch da, ein raffinierter
Duft zwischen Enzian und Lavendel mit einer feinen
Note von rumänischem Schiffsdiesel. Ich legte mich
auf den Bauch, rutschte zur Bettseite und machte unter
dem Bett die Bewegung eines Scheibenwischers. Die
Schutzkappe blieb verschwunden, aber ich stieß auf
einen schweren, länglichen Gegenstand. Ein paar Ver-
renkungen später hatte ich einen kleinen Metallkoffer
hervorgezogen. Er war sehr alt. An den Ecken war er

abgeschlagen, die Lederbeschläge glänzten. Mit wenigen Handgriffen knackte ich mit Hilfe meines Schweizermessers das Schloß, schüttelte den Koffer sacht und klappte den Deckel zurück. Vor mir lag ein Stapel Papier, er war mit einem Lederbändchen verschlossen. Nach dessen und des ornamentverzierten Deckblatts Entfernung, hob ich die erste Seite ans Tageslicht.

Virginias Revier

oder

Wie Virginia Hill von der Zistelalm am Gaisberg in der Damentoilette der Felsenreitschule Rosemarie Nitribitt aus Frankfurt am Main verprügelte und was dem folgte

Libretto

von

Elvira Sofia Capraia e Limite

Villa Caruso, Bellosguarda

Tuscany 1980-82

Die nächsten Seiten waren ein dramaturgisches Exposee.

Bei den Salzburger Festspielen des August 1955 kommt es zu einem denkwürdigen Treffen zweier bemerkenswerter Frauen.
Die eine reist mit Harald von Bohlen und Halbach aus der Krupp-Dynastie in einem schwarzen Mercedes-Cabrio mit roten

Ledersitzen aus Frankfurt am Main an, um der Premiere der „Zauberflöte" beizuwohnen. Georg Solti dirigiert, das Bühnenbild stammt von Oskar Kokoschka.

„Rosemarie Nitribitt, geboren am 1. Februar 1933 in Düsseldorf, ist eine deutsche Prostituierte, die am 29. Oktober 1957 in Frankfurt am Main ermordet wurde. Sie war zu diesem Zeitpunkt vierundzwanzig Jahre alt", heißt es keine zwei Jahre später im Bericht der Frankfurter Staatsanwaltschaft. Die Beamten ermitteln gegen prominente Verdächtige in höchsten Regierungskreisen sowie gegen Angehörige der Familien Krupp, Ernst Wilhelm Sachs sowie dessen jüngeren Bruder Gunter Sachs – und Harald von Bohlen und Halbach.

Bei den Ermittlungen häufen sich Pannen und Verfehlungen, einfache kriminalistische Untersuchungen werden verschlampt oder gar nicht erst durchgeführt. Persönlichkeiten aus Politik und Wirtschaft zeigen demonstratives Desinteresse an der Aufklärung des Mordes. Harald von Bohlen und Halbach wird, wie andere Prominente auch, als Stammkunde der ermordeten Rosemarie Nitribitt von der Polizei befragt, er gilt als Hauptverdächtiger. Die Staatsanwaltschaft gibt sich aber mit seinem Alibi, das von einer Bediensteten der Villa Hügel – dem Stammsitz der Krupps in Essen – bezeugt wird, zufrieden.

Vor der Beisetzung wird Nitribitts Schädel vom Körper abgetrennt und als mögliches Beweismittel zurückgehalten. Später wird er der Frankfurter Polizei als Lehrmittel für die Kommissarsausbildung übergeben und im Kriminalmuseum Frankfurt ausgestellt. Erst fünfzig Jahre danach, im Dezember 2007, gibt die Staatsanwaltschaft den Schädel Nitribitts frei. Er wird in ihrem Grab beigesetzt. Die Kosten werden von anonymen Spendern getragen.

Maria Rosalia Auguste Nitribitt war ein nichteheliches Kind. Ihren Vater, einen Arbeiter aus Düsseldorf, der Unterhaltszahlungen verweigerte, lernte sie nie kennen. Sie wuchs, wie ihre beiden Halbschwestern, in ärmlichen Verhältnissen bei ihrer Mutter auf. Die Mutter verbüßte mehrere Haftstrafen. Rosemarie, wie das Kind genannt wird, landet in einem Kinderheim. Sie gilt als schwer erziehbar, reißt mehrfach aus und kommt zu einer Pflegefamilie. Im Jahr 1944, sie ist elf Jahre alt, wird sie von einem 17-jährigen Jungen aus der Nachbarschaft vergewaltigt. Der Bub wird kurz darauf zur Wehrmacht eingezogen und kommt an die Westfront. Drei Monate später stirbt er, als sein Krupp-Mannschaftstransporter bei Chantilly nördlich von Paris auf eine Mine fährt.

Ihr erstes Geld verdient die heranwachsende Rosemarie mit Prostitution. Sie zieht nach Koblenz, anschließend nach Frankfurt am Main, wo sie – immer noch minderjährig – als Kellnerin, Mannequin und Prostituierte arbeitet. Neuerlich wird sie in ein Erziehungsheim eingewiesen, wieder gelingt ihr die Flucht. Von April 1952 bis April 1953 sitzt Rosemarie Nitribitt in der Rheinischen Landes-Arbeitsanstalt Brauweiler in Pulheim nahe Köln ein. In der NS-Zeit war die Anstalt zu Beginn ein Konzentrationslager, danach bis 1945 ein Gefängnis der Kölner Gestapo. Da Rosemarie als schwerer Fall gilt, wird sie vorzeitig für volljährig erklärt und entlassen.

Die Nitribitt gibt sich Mühe, ihre Herkunft zu verbergen. Um in Gesellschaft nicht durch mangelnde Bildung und fehlende Weltbürgerlichkeit aufzufallen, lernt sie Englisch und Französisch und belegt Kurse für „gutes Benehmen". Ein Freier schenkt ihr 1954 einen Opel Kapitän, sie ist zu diesem Zeitpunkt einundzwanzig

Jahre alt. Andere laden sie zu Urlaubsreisen ans Meer ein. Persönlichen Aufzeichnungen zufolge, erwirtschaftet Nitribitt in ihrem letzten Lebensjahr ein unversteuertes Einkommen von rund 90.000 DM. Sie erwirbt einen schwarzen Mercedes-Benz 190 SL mit roten Ledersitzen, mit dem sie in Frankfurt Aufsehen erregt und der ihr Markenzeichen wird. Der Verbleib des Mercedes ist unklar.

Nach ihrem Tode wird das Leben des „Mädchens" Rosemarie zum Gegenstand vielfältiger medialer und kunsthandwerklicher Verwertung. Es erscheinen Sachbücher, Romane, Kino- und Fernsehfilme, ja sogar Theaterstücke und ein Musical.

Siebenundfünfzig Jahre nach ihrer Ermordung stoßen Beamte der Frankfurter Polizei 2013 in den Archiven auf das Spurenbuch und verschollen geglaubte Dokumente. Sie waren nach der Schließung des Falls vergessen worden. Darunter befinden sich vier Bände mit Vernehmungen, ihr Notizbuch, erkennungsdienstliche Bilder von Tatverdächtigen, neunzehn Liebesbriefe, Postkarten und Gedichte von Harald von Bohlen und Halbach.

Nitribitts Kontrahentin auf der Damentoilette der Felsenreitschule war Virginia Hill, eine 39-jährige Frau, gebürtig aus einem Vorort der Stahlstadt Birmingham in Alabama. In den sechziger Jahren kam es in Birmingham immer wieder zu Morden des Ku-Klux-Klan an Bürgerrechtsaktivisten und -aktivistinnen. Martin Luther King führte Protestmärsche an, die aus Birmingham gebürtige Angela Davis erfuhr dort ihre ersten prägenden politischen Eindrücke.

1931 heiratet die 15-jährige Schulabbrecherin Virginia Hill ihren 16-jährigen Freund und flüchtet mit ihm nach Chicago. Sie hofft, dort in der Unterhaltungsbranche unterzukommen. Der Plan geht auf, aber anders, als Virginia sich das vorgestellt hatte. Das gutaussehende Mädchen findet zwar eine Stelle als Kellnerin, das aber in einem von der organisierten Kriminalität frequentierten Lokal. Bald arbeitet sie als Prostituierte und erwirbt sich in kurzer Zeit den Ruf einer mit allen Wassern gewaschenen Gangsterbraut. Unter anderem verkehrt sie mit dem glamourösen und attraktiven Benjamin „Bugsy" Siegel, der für seine unerhörte Brutalität bekannt ist. Nach dessen Tod 1947 ist sie mit Charles Fischetti, einem Cousin, Chauffeur und Leibwächter von Al Capone, liiert. Der Lebemann zählt zum engeren Kreis von Frank Sinatra und Dean Martin.

Im Jahr 1950 lernt sie bei Wintersportferien in Sun Valley den von der Salzburger Zistelalm stammenden Schirennfahrer Hans Hauser kennen, der sein Glück im aufkeimenden Schitourismus machte. Er unterhält Schischulen und unterrichtet Prominente wie Henry Ford und Ernest Hemingway, der im wenige Kilometer entfernten Ketchum ein abgelegenes Haus bewohnt. Als Virginia im Jahr 1954 wegen Steuerhinterziehung steckbrieflich gesucht wird, flieht sie mit ihrem kleinen Sohn Peter nach Salzburg, wo sie auf dem Anwesen ihres Mannes auf der Zistelalm am Gaisberg lebt und an ihren Memoiren arbeitet. Dies auch mit dem Ziel, durch die angedrohte Preisgabe von Mafia-Interna an Geld zu kommen. Als ihr zu Ohren kommt, daß die berühmte Nitribitt mit einem Krupp bei der Festspielpremiere anwesend sein würde, verschafft sie sich durch Kontakte ins Festspielbüro eine Karte. Die Oper ist ihr herzlich egal, aber sie ist gewillt, mit allen Mitteln ihren Ruf als schärfste Gangsterbraut der westlichen Hemisphäre zu verteidigen. Die nach wie vor blendend aussehende 39-Jährige würde dem jungen Ding aus Frankfurt schon zeigen, was es heißt, im Revier von Virginia Hill zu wildern. In der Damentoilette der Felsenreitschule lauert sie ihrer Nebenbuhlerin auf.

Wir überspringen die folgenden Ereignisse – sie sind der Stoff der Oper.

Bald wird Virginia der lieblichen Gegend und der biederen Stadt überdrüssig. Sie verläßt Mann und Sohn Richtung Amerika, kehrt 1964 aber neuerlich nach Salzburg zurück. Es kommt zu einem Treffen mit ihrem Mann am Heuberg unweit der Stadt. Am nächsten Tag wird sie von einem Wanderer in der Nähe eines kleinen Flusses tot aufgefunden. Untersuchungen zeigen, daß sie mit Tabletten und Schlafmitteln vollgepumpt war und höchstwahrscheinlich zur Einnahme der Tabletten gezwungen wurde. Seltsamerweise verschwinden die Akten der zuständigen Staatsanwaltschaft noch während der Ermittlungen.

Hans Hauser übersetzt nun die Aufzeichnungen seiner Frau ins Deutsche, sie erscheinen im Jahr 1970 unter dem Titel „Virginia Hill. Memoiren einer Gangsterbraut" als Buch. Virginia Hill berichtet darin von ihren wechselnden Beziehungen zu Mafiosi und von einem wilden Leben zwischen Luxus, Geld, Partys, Reisen und Sex. Die Gangster werden ausführlich abgehandelt, jedoch in freundlicher Art und Weise. Sie wirken in ihren Memoiren als nicht unsympathische Frauenhelden und Glücksspieler und nicht als skrupellose Killer.

1974 begeht Hans Hauser, der vom bescheidenen Erfolg des Buches enttäuscht ist, einen verhängnisvollen Fehler. Er kontaktiert Joe Adonis, einen New Yorker Mafioso aus dem Genovese-Clan, und teilt ihm mit, daß weitere Aufzeichnungen seiner Frau aufgetaucht seien, Aufzeichnungen, die geeignet seien, die Geschäfte der Cosa Nostra empfindlich zu stören. Er habe vor, das Manuskript zu verkaufen, beziehungsweise zu veröffentlichen. Kurz darauf wird Hans Hauser in einer von ihm betriebenen Bar am Giselakai 15 erhängt aufgefunden. Die offizielle Todesursache lautet, wie acht Jahre zuvor bei seiner Ehefrau, auf Selbstmord. Das Manuskript bleibt verschwunden.

Beider Sohn Peter arbeitet als Liftboy und Aushilfskellner im Hotel Österreichischer Hof und dient während des Vietnam-Kriegs an verschiedenen Kriegsschauplätzen in der US-Army. Schließlich arbeitet er für die Army in Deutschland und Italien. Während einer Haftstrafe, die er in einem Militärgefängnis absitzt, gelingt ihm die Flucht. Es wird vermutet, daß er sich in Spanien ansiedelt. 1995 kommt er unter ungeklärten Umständen bei einem Autounfall nahe Toulouse ums Leben. Er wurde vierundvierzig Jahre alt.

Der erste Akt spielt in der Toilette der Felsenreitschule. Nach einem kurzen Wortwechsel, der der Identitätsfeststellung dient, entbrennt eine wilde Prügelei.

Auftritt ein Erzähler. Er sagt: So hätten es die Herren der Schöpfung gern: Daß die klugen und schönen Frauen sich um sie prügeln. So etwas mache sich auf der Bühne gut. Aber die Sache könnte genauso gut anders verlaufen sein.

Nun wird der Anfang des ersten Aktes — die Nitribitt betritt die Toilette — wiederholt. Diesmal bleibt die Schlägerei aus. Im Gegenteil: Die beiden finden Gefallen aneinander und setzen sich — die Oper hat eben begonnen — in eine nahe Bar. Die Nitribitt freut *sich, ihr Englisch ausführen zu können. Und Virginia Hill versucht herauszufinden, welche deutsche Großstadt – außer Frankfurt – ein geeignetes Betätigungsfeld für sie wäre.*

Im dritten Akt treffen die beiden einander als Witwen wieder. Es ist unklar, ob sie ihre Männer um die Ecke brachten. Jedenfalls haben sie Geld im Überfluß und planen den Ankauf einer Villa in Sardinien.

Eingebettet sind Rückblicke, Ausblicke und Querverweise in beider Leben. Die Frankfurter haute volée hat ebenso ihre Auftritte wie die Mafiosi aus Chicago, Las Vegas und New York.

Nur wer im Wohlstand lebt, lebt angenehm, singt Virginia. Männer sind eine unsichere Investition, von niederen Instinkten getriebene Kinder, sprunghaft und grausam, antwortet Rosemarie. Kluge Frauen hingegen handeln kühn und weitblickend, singen beide im Duett.

Die Musik sollte von Luigi Nono oder einer seiner Schülerinnen komponiert werden. Eine andere Möglichkeit wäre die Musik nach Art einer chinesischen Oper. Auch der griechische Rembetiko-Sänger Giorgios Dalaras käme in Frage. Und wenn er nicht will, machen wir ihm ein Angebot, das er nicht ablehnen kann, sagt Virginia Hill im Finale. Dazu erklingt Dalaras' Stimme.

Elvira Sofia Capraia e Limite

Noch einmal suchte ich nach der Schutzkappe. Umsonst. Daraufhin holte ich eine kleine Rolle Isolierband aus Josefs Netz und war gerade dabei, ein Provisorium anzufertigen, als es an der Tür klopfte. Ich klappte den Koffer zu und schob ihn unters Bett. Dann schwang ich mich in den Rollstuhl und öffnete. Goldrun hatte ein luxuriöses Sandwich gebracht.

„Du kannst den Koffer ruhig aufmachen", sagte sie. „Das Libretto stammt von einer italienischen Dramatikerin, sie hat lange darum gekämpft, daß es von der Festspiel-Dramaturgie und der Intendanz angenommen wird, aber gegen die Selbstherrlichkeit und Ahnungslosigkeit dieser Herrschaften ist Donald Trump ein bescheidener und höflicher Herr. Die Salzburger Festspiele und eine Oper von einer Frau! Das war in den achtziger Jahren unerhört. Noch etwas: Wenn du Anklänge an meine Schwester entdecken solltest, würde ich nicht widersprechen."

Sie strahlte übers ganze Gesicht. Bald war auch die Schutzkappe von Josefs Bremse gefunden, und ich konnte endlich aufbrechen. Ich hoffte inständig, Madame in einer Stunde beim Mozarteum wiederzusehen. Aber vorher müße ich noch zu Elfi ins Café Glockenspiel, es sei dringend, sagte Goldrun. Es klang wie ein Befehl.

9. Kapitel

Die allwissenden Festspiele.
Oskar Werner als Mozart und Hedy Lamarr
als Muse eines Waffenmoguls

Die beiden Schwestern scheinen in einem regen Austausch zu stehen, dachte ich, während ich die Goldgasse hinauffuhr. Ich muß darauf achten, was ich von mir gebe, der Stereoeffekt spielt mit. Andererseits könnte ich bestimmte Dinge auch über die Bande spielen. Vor dem Haus Goldgasse 5 war eine zierliche ältere Dame in ein Gespräch mit einem hageren Mann in grauer Uniform vertieft. Sollte sich der Fall so früh schon in Wohlgefallen auflösen? Meinen Finanzen wäre besser gedient, würde sich die Ermittlung noch einige Zeit hinziehen. Siehst du, sagte ich zu Josef, so ist das Leben. Kaum hast du eine gute Nacht und einen noch besseren Morgen, geht das Geschäft flöten.

Die Dame war zierlich, aber unter ihrem Hut quollen schwarze Locken hervor. Und der Uniformierte war kein Chauffeur, sondern ein Auslieferer. Er stützte sich auf ein Lastenrad. „Bäckerei Ursprunger – die älteste Bäckerei Salzburgs, Gstättengasse 4" stand auf dem Wagen, der durch eine Metallstange an das Rad gekoppelt war. Von den braunen Papiersäckchen stieg ein verlockender Duft nach Brot und frischen Semmeln auf.

Elfi saß auf einer Bank neben dem geschlossenen Café Glockenspiel. Sie winkte mir aufgeregt zu.

„Endlich! Ich sollte längst im Büro sein!", rief sie. Ich parkte mich unverzüglich vor ihr ein. „Goldrun hat dich eingefangen, ich seh's dir an der Nasenspitze an", überfiel sie mich. „Die laßt nichts aus was Hosen tragt. Ich frage mich nur, wie sie das anstellt, über die Maßen attraktiv ist sie ja wirklich nicht."

„Sie legt sich einfach ins Bett", erwiderte ich sachlich.

Elfi fuchtelte mit den Händen, als gelte es, lästige Insekten zu vertreiben.

„Meinen Segen hast du – aber nur solange ich kein barrierefreies Ausweichquartier für uns beide gefunden hab. Immerhin hab ich die älteren Rechte."

Schwesterliche Eifersucht, dachte ich. Keine Seltenheit, aber für den gemeinten Mann durchaus erhebend.

Elfi legte noch ein wenig nach. „Daß du's nur weißt: Bei meiner Schwester wär' ich vorsichtig. Sie ist eine Elster; es geht ihr aber nicht ums Geld, sondern um Asservaten der Zuneigung. Briefe, Schriftstücke, geheime Schriften. Sie glaubt an Talismane, Glückssteine und ähnlichen Schmus. Das Zeug soll die bösen Geister bannen, die sich immer wieder zwischen sie und die längst überfällige Lebensliebe zwängen."

Ich würde auch gern mit *dir* schlafen, dachte ich. Mit deiner Bewegungseinschränkung könnte ich schon umgehen, in derlei Dingen bin ich expertisch. Es ist nicht meine Schuld, daß du dir eine Wohnung ausgesucht hast, die für mich unerreichbar ist. Und in mein Hotelzimmer kann ich dich Goldruns wegen schwerlich entführen. Ich hütete mich aber, ihr das ins Gesicht zu sagen. Es war besser zu schweigen und so zu tun, als wäre ich bei einer schweren menschlichen Verfehlung ertappt worden. Insgeheim freute ich mich, daß ich der Gegenstand geschwisterlichen Zanks war.

Was Elfi mir nun eröffnete, entbehrte aber jeglicher limbischen Dimension, sondern war über die Maßen verstörend.

„Heute früh …" Sie beugte sich vor und sprach mit gedämpfter Stimme weiter. „Heute früh wurden zwei Leichen gefunden. Keine Puppen aus unserem Fundus, sondern … Leichen aus Fleisch und Blut. Ein junger Amerikaner von einer Filmcrew, die an einer Amazon-Serie über Virginia Hills Mafiazeit arbeitet, lag tot in einem Wäldchen am Almkanal auf Höhe des Schlosses Leopoldskron. Seine Kehle war durchtrennt. Wenig später wurde nicht weit davon entfernt ein Hüne in schwarzer Uniform und Stoppelglatze an der ehemaligen Richtstätte beim Scharfrichterhaus aufgefunden. Der Mann war übel zugerichtet. Das Gesicht verunstaltet, die Bauchdecke aufgerissen. Als wäre er von einer Raubkatze vom nahen Tiergarten Hellbrunn angegriffen worden."

Mit einer Handbewegung kam sie einer Frage zuvor. „Eine Freundin, Mitarbeiterin der Bundespolizeidirektion in der Alpenstraße, hat mich gewarnt. Ich habe keine Ahnung, was hinter den Puppenspielereien und der Häufung seltsamer Vorfälle steckt. Es hat ja den Anschein, als wären die Leute in der Stadt verrückt geworden. Ich weiß nur, daß die Festspiele das Herz der Stadt sind. Wenn du das herausreißt, fällt Salzburg wie eine Kulisse in sich zusammen. Jeder Angriff auf die Festspiele ist ein Angriff auf die Stadt. Ein Dummkopf, der glaubt, daß sie das einfach hinnimmt. Sie wehrt sich!"

„Womit?"

„Zuerst durch Geheimhaltung, dann durch Leugnung. Und schließlich wird sie Leute, die ihre Nase in die Sache stecken, mit Klagen überziehen. Hundert Jahre lang hat die Stadt daran gearbeitet, aus dem belächelten Experiment eines größenwahnsinnigen aber genialen Impresarios erwuchs ein Gesamtkunstwerk, das Salzburg von einem verschlafenen Provinznest zu einer strahlenden Diva emporhob. Selbst die Nazis sind an ihr gescheitert. Seit geraumer Zeit verwandelt die Salzburger Bürgerschaft den kulturellen Ruhm in soliden Reichtum. Dabei erweist sie sich als hartnäckig, phantasievoll und knallhart. Die Salzburger Rechtsanwälte verstehen ihr Handwerk. Man mag sie nicht zu Feinden haben."

„Es wird aber Gerüchte geben ..."

„Die gibt es in Salzburg immer. Wirst sehen, aus dem toten Ami wird ein Rauschgiftopfer und der zerfetzte Uniformierte war Hundeführer einer Security-Firma."

„Vor kurzem wurde in Wiener Neustadt ein Hundeführer des Bundesheers von zweien seiner Schützlinge zerfleischt."

„Meine Worte." Sie sah auf die Uhr.

Ich nahm mir vor, nach dem Treffpunkt beim Mozarteum umgehend die Fundorte der Leichen aufzusuchen. „Die Sache klingt, als wär's ein Drehbuch von Virginia Hill." Ohne Absicht hatte ich den Satz laut ausgesprochen.

„Woher kennst du diesen Namen?" Elfis Augen wurden schmal, tiefe Falten senkten sich in ihre Stirn. Es war höchste Zeit, dem Gespräch eine Wendung zu geben. Dummerweise hatte ich ihr Mißtrauen geweckt, also nahm ich zur Wahrheit Zuflucht. „Ich hab einige Zeit in New York gelebt, da liegt es nahe, sich für die Mafia zu interessieren. Wo die Mafia ist, ist auch Kultur", fügte ich erklärend hinzu. Schade, daß Mister Giordano mich nicht hören konnte, er würde stolz auf mich sein. Und schon vertiefte ich die harmlose Spur. „Hast du gewußt, daß Douglas Fairbanks Junior in den dreißiger Jahren mit einer der ersten tragbaren Kameras während der Festspiele einen Privatfilm drehte? Und daß Hedwig Kiesler, die Gattin des größten Waffenproduzenten Mitteleuropas und Mussolini-Freunds Fritz Mandl, darin auftritt?"

„Die spätere Hedy Lamarr …"

„Bravo!"

„Natürlich hab ich das gewußt", sagte Elfi. „Wir von der Festspielleitung werden dafür bezahlt, alles zu wissen. Und weil in Salzburg ständig Festspiele sind – Osterfestspiele, Pfingstfestspiele, Sommerfestspiele, Herbstfestspiele, Festspiele zu Ehren des heiligen Karajan, Weihnachtsfestspiele und Festspiele, in denen das Programm der vergangenen Festspiele wiederholt wird und zwar von hinten nach vorn, und weil tagein, tagaus darüber gerätselt wird, warum die 493. Inszenierung des *Don Giovanni* besser ankam als die 491. und erst recht die 555., aber lange nicht so gut wie die legendäre 248. … Weil wir dafür bezahlt werden alles zu wissen und wir unsere Arbeit ernst nehmen, sind wir von den Festspielen auch allwissend. Und weil der Betrieb weiterlaufen muß …"

Sie lehnte sich zurück und schaute mich prüfend an. „Du bist ein Schlingel, Groll! Ein Schlitzohr, ein Filou. Ich kenn dich, auch wenn ich dich eine Ewigkeit nicht gesehen hab. Du schnüffelst hinter jemandem her. Hab ich recht?"

Ich zwang mich zu einem Lächeln. „Es ist harmloser, als du denkst. Ich schreibe in einer Zeitschrift für Minderheiten, und in der nächsten Nummer beschäftigen wir uns mit der Barrierefreiheit von Festivals und Festspielen."

„Deswegen bist du hier?" Sie glaubte mir kein Wort.

„Deswegen und weil ich um ein Lächeln von dir buhle."

„Das kriegst du taxfrei. Und was hast du festgestellt? Wie schaut es zum Beispiel bei den Seefestspielen in Bregenz aus? Im Vergleich zu unseren Festspielen ist Bregenz ja eine Art Jugendcamp …"

„Ich kann nur das Beste berichten. Man achtet dort sehr auf Zugänglichkeit."

„Wahrscheinlich weil so viele kunstsinnige Krewegerl dort antanzen", sagte Elfi. Und setzte, als sie meines ratlosen Gesichts gewahr wurde, fort: „Schubert hat das Wort in seinen Briefen an meine Urahnin verwendet …

ich nehme an, es stammt aus Wien … Und Mörbisch? Wie ist es dort um die Barrierefreiheit bestellt?", bohrte sie weiter.

„Was den Neusiedlersee anlangt, stehen die Ermittlungen noch am Anfang", sagte ich. „Vorprüfungen ergaben, daß von den Gelsen kein Einwand kommt. Sie haben freie Flugbahn und können ungehindert ihrer Arbeit nachgehen."

„Sehr witzig!" Elfi schnitt eine Grimasse.

„Was die Salzburger Festspiele anlangt, bin ich auch erst am Beginn der Untersuchungen."

„Die kannst du dir sparen. Vertrau mir, ich hab den Kartenverkauf über … da werd' ich wohl wissen, ob und wie viele Karten für behinderte Besucher aufgelegt werden. Und solche Karten sind an die stufenlose Erreichbarkeit geknüpft."

„Und Besucherinnen!"

„Selbstverständlich, die auch. Bist du auf deine alten Tage ein Feminist geworden?"

Ich warf mich in Pose und sagte, jedes Wort betonend: „Jede Antwort auf diese impertinente Frage denunziert mich."

„Oskar Werner bei den Festspielen 1970! Eine Sternstunde!", rief Elfi. „In den Augen der Kritiker aber ein Debakel. Der Kartenverkauf ist daraufhin um siebzig Prozent eingebrochen", sagte Elfi. „Wir haben uns daher erlaubt, nicht mehr mit Herrn Werner zu planen. Ich war dagegen, aber ich zähle ja nicht zum künstlerischen Stab."

„Ich hab Oskar Werner in den achtziger Jahren immer wieder in Krems und in den Donauauen gesehen, er logierte damals in einem Schlößchen oberhalb des Stroms. Meist traf ich ihn am Donaubegleitweg an, wo ich trainierte. Ein kleiner, zerbrechlicher Mann. Er grüßte höflich und ging, in Gedanken versunken, am Flußufer seiner Wege. Seine Wachauer Festspiele wurden zum Fiasko, schuld war aber nicht seine Alkoholkrankheit, sondern die Indolenz der Behörden. Oskar Werner hätte nur ein wenig ausharren müssen, seit Jahren gibt es ganz in seiner Nähe, mitten in den Weinbergen von Hollenburg, eine bestausgestattete Klinik. Patienten mit psychischen Erkrankungen, aber auch solche, die unter der Alkoholkrankheit leiden, werden dort bestens betreut. Und wußtest du, daß Oskar Werner 1983 eine große Gedenkfeier im ehemaligen KZ Mauthausen organisierte? Das brachte ihm damals wenig Sympathie ein. Daß er 1984 im Palais Auersperg in Eigenregie eine ‚Gedenkfeier für die Juden‘ abhielt? Seine erste Frau war jüdisch, und er war als Jugendlicher Zeuge des Novemberpogroms geworden.“

Elfi lächelte überlegen und konterte: „Und wußtest du, daß Oskar Werner 1955 in einem Kinofilm Mozart verkörperte? Und daß seine letzte Lesung 1984 im Mozarteum stattfand?“

Ich schüttelte den Kopf.

„Ich kann dich beruhigen, alter Freund. Baulich ist bei uns alles im Lot. Max Reinhardt war ein Verfechter der

Barrierefreiheit, da war das Wort noch gar nicht erfunden. Das haben die Nazis ihm ja übelgenommen. Daß er darauf geschaut hat, allen Menschen die Aufführungen zugängig zu machen. Ein Jude, der die Frechheit besitzt, Kunst für alle, also auch für Nichtjuden und Deutschnationale, zu machen. Eine Provokation!"

„Bei euch ist also alles in Ordnung", resümierte ich. „Ich kann das so in meinen Bericht aufnehmen?"

„Das kannst du. Ich geb dir mein großes Werfener Ehrenwort."

„Vielen Dank, ich weiß das zu schätzen. Du wirst aber verstehen, daß die Selbstzuschreibung der Verantwortlichen mich nicht der Notwendigkeit enthebt, eigene Recherchen anzustellen."

„Du kannst hier jeden Stein umdrehen", antwortete Elfi und machte eine resignierende Geste. „Du wirst sehen, er ist barrierefrei. Bei uns ist alles vollkommen. In Salzburg ist immer alles vollkommen. Und bei den Festspielen wird das Vollkommene noch perfektioniert. Der Ruf als bedeutendstes Musikfestival der Welt kommt nicht von ungefähr."

Mit einem Mal zog das altvertraute jugendliche Lächeln über ihr Gesicht. Als hätte die Sonne sie an diesem trüben Tag gestreift.

Mir blieb nur, mich zu verneigen.

10. Kapitel

Elza Brandeisz aus Rust am Neusiedlersee
greift in die Weltgeschichte ein.
Georg Schwartz aus Budapest setzt aufs falsche Pferd.
Herr Kálmán wechselt die Seiten

Pflichtbewußt machte ich mich zum Treffpunkt mit Madame auf. Vom Arrack hatte ich immer noch einen Brummschädel, die Begegnung mit Goldrun wirkte sich aber sehr belebend aus. Josef klapperte zornig, als ich mit dem Treibreifen einen Mistkübel streifte. Vielleicht war er auch nur eifersüchtig. Die kühle Luft der Salzach tat mir gut.

Beim vereinbarten Treffpunkt wartete ich eine Viertelstunde. Daß Madame nicht erschien, überraschte mich nicht. Immerhin hat sie mir genug Geld für Spesen und sonstige Auslagen gegeben, dachte ich.

Ich drehte eine Runde durch den barocken Garten. Da sprang ein hagerer Mann von einer Bank auf und eilte mir entgegen. Er wedelte mit beiden Händen, aber es war keine freudige, sondern eine traurige Bewegung. „Nincs", sagte er und wiederholte das ungarische Wort für „nichts" noch zweimal. Er sei den ganzen gestrigen Nachmittag unterwegs gewesen, hätte Orte inspiziert, die er mit Madame früher aufgesucht habe, erklärte er. Das Hotel Schloß Mönchstein, die exklusivste und abgeschiedenste Bleibe mitten in der Stadt auf dem

Mönchsberg. Wer dort absteigt, muß im Ruf stehen, über einen zweistelligen Milliardenbetrag zu verfügen. Keine Spur von Madame. Der Weiherwirt beim Schloß Leopoldskron, das Casino im Schloß Kleßheim, das Gablerbräu in der Linzergasse – dieselbe Diagnose. Madame war wie vom Erdboden verschluckt.

Ich wunderte mich, woher Madames Chauffeur von unserem Treffpunkt wußte. Ob Madame schon einmal unauffindbar gewesen sei, fragte ich.

Herr Kálmán dachte nach, schüttelte dann den Kopf. Plötzlich rief er: „Doch! In den frühen siebziger Jahren ist sie einmal abgetaucht, aber ... da war sie nicht allein. Die drei Mädchen waren eine Nacht lang verschwunden."

„So lange ist das schon her? In Madames Jugend? In den fünfziger Jahren?"

„Nein, nein. Es war in den Siebzigern. Die drei nannten sich ‚Három a kislány‘, Dreimäderlhaus. Madame war damals im besten Alter und die beiden anderen hatten ihr bestes Alter schon hinter sich."

„Haben sie je erzählt, wo sie waren?"

„Natürlich nicht."

„*Sie* wußten es aber dennoch."

Es sei seine Aufgabe, für Madames Sicherheit zu sorgen, sagte Herr Kálmán und schwieg.

„Auf die Gefahr, daß ich meine Arbeit gefährde: Immerhin gibt es auch noch die Polizei!", ließ ich einen Testballon steigen.

„Madame will das nicht", sagte Herr Kálmán erschrocken. „Ich habe strikte Anweisung, die Polizei aus dem Spiel zu lassen", fuhr er fort. „So sind wir ja auf Sie gekommen."

„Hat sie so viel zu verbergen? Illegale finanzielle Transaktionen? Geschäftsgeheimnisse?"

„Ich habe Madame mein Ehrenwort gegeben, zu schweigen", fügte Herr Kálmán kleinlaut hinzu.

„Dann ist jetzt der Zeitpunkt gekommen, da Sie reden sollten …"

„Für mich waren das gute Jahre", sagte Herr Kálmán ausweichend. „Die beiden älteren Damen sprachen beide Ungarisch, ein schönes altes Ungarisch. Und sie waren beide Tänzerinnen. Eine ehemalige Primaballerina der Budapester Oper aus altem ungarischem Adelsgeschlecht die eine, und eine Pionierin des Ausdruckstanzes die andere." Dann gab er sich einen Ruck und fügte rasch hinzu: „Sie waren im Schloß Blühnbach zu einer illustren Abendgesellschaft geladen."

„Wenn ich Sie jetzt um die Namen der beiden … Mädchen … bitte?"

Er machte wieder eine Pause, gab sich einen Ruck und sagte: „Es waren Erszébet Rákóczy aus einer Nebenlinie der bekannten Magnatenfamilie und eine beeindruckende Dame, Elza Brandeisz, geboren 1907 in Rust am Fertő tó … dem Neusiedlersee."

„Beides langjährige Freundinnen von Madame …"

„Und alle drei Festspielbesucherinnen seit der Wiederaufnahme nach dem Krieg. Madame möge meine Indiskretion entschuldigen."

„Und die drei lernten einander …"

„In Salzburg kennen. Bei den Festspielen, wo sonst. Elza Brandeisz hatte den Ausdruckstanz in den späten zwanziger Jahren in München und Dresden bei Mary Wiggam erlernt, sie brachte ihn nach Budapest und war der Mittelpunkt der freien Tanzszene. Als die Deutschen im März 1944 in Ungarn einmarschierten, war es mit den modernen Tänzen vorbei und über vierhunderttausend Juden brach die Apokalypse herein. Sie wurden in die deutschen Vernichtungslager im Osten transportiert. Elza Brandeisz arbeitete als Lehrerin für Standardtänze und ging schließlich nach Sopron. Sie war eine quirlige, zerbrechlich wirkende Person mit aufgesteckten weißen Haaren. In Sopron kümmerte sie sich um ein Museum für bürgerliche Wohnkultur, das in einem barocken Palais untergebracht ist. Das Storno-Haus liegt am Fő tér, dem Hauptplatz."

„Niemand, der in Sopron ist, kommt daran vorbei", sagte ich. Und verschwieg, daß mir dieses Kunststück mehrfach gelungen war. Auf dem Weg ins Museum landete ich jedes Mal in einem benachbarten Gasthaus bei Hortobágy Palatschinken, Hühnerpaprikás, Krautsalat und Soproner Rotwein. Nur einmal, als das Gasthaus geschlossen war, schaffte ich es ins Storno-Museum, wo ich bei einer freundlichen älteren Dame einen Museumsführer erwarb. Die Schauräume waren ja im zweiten und dritten Stock, und es gab keinen Lift.

„Und die Abendgesellschaft auf Schloß Blühnbach?", fragte ich weiter.

„Eine illustre Runde, ich sagte es bereits. Zusammengestellt vom Hausherrn Gunter Sachs, dem Krupp-Erben und Jet-Set-Gigolo. Elizabeth Taylor und Richard Burton waren mit einem amerikanischen Investmentbanker in dessen Jet nach Salzburg gekommen. Zusammen mit den drei Mädchen ergab das einen brillanten Abend. Den Investmentbanker werden Sie kennen, zumindest dem Namen nach: George Soros."

„*Der* George Soros?"

Herr Kálmán nickte. „Damals war er noch nicht so reich. Aber wohlhabend, ja wohlhabend konnte man ihn damals schon nennen. Ein nicht mehr junger, höflicher Mann, der sich liebevoll um Madame und ihre beiden ungarischen Begleiterinnen kümmerte. Vor allem die Tänzerin aus Sopron hatte es ihm angetan. Er wich den ganzen Abend nicht von ihrer Seite. Ihretwegen war der Abend ja geplant worden. Ohne Elza Brandeisz würde es den György Soros nach dem Krieg nicht mehr gegeben haben. Er war Budapester Jude und um ein Haar hätten er und seine Familie das Schicksal der meisten Budapester Juden geteilt. So überlebten sie den Holocaust in einer Weingartenhütte am Plattensee. Sie ahnen, wem dieses Häuschen in Balatonalmádi gehörte?"

„Lassen Sie mich raten …"

„Sie kommen nie darauf. Elza Brandeisz! Sie versteckte die Soros, die ursprünglich Schwartz hießen, unter Lebensgefahr in dem Weingarten. Nach dem Krieg blieb die Familie nicht lange in Budapest, sie ging nach

London, wo György, der sich George nannte, als Kofferträger und Kellner jobbte, um sein Studium an der London School of Economics zu finanzieren. 1956 nahm er ein Jobangebot in New York an und machte über mehrere Stationen Karriere als Börsenspezialist und Geldgeber antikommunistischer Gruppen in den sozialistischen Ländern. Er unterstützte junge Leute, die nicht zuletzt seiner Hilfe wegen die Kommunisten beerbten und den Antisemitismus jetzt wieder aufleben lassen. Viktor Orbán konnte – noch unter der KP-Herrschaft – mit einem Soros-Stipendium in Oxford studieren."

„Und da saß der Gottseibeiuns der Währungsmärkte auf Schloß Blühnbach und umsorgte einen Abend lang seine Lebensretterin."

„Mehr durfte er für sie nicht tun. Sie nahm keinen Dollar von ihm, obwohl sie in Sopron äußerst bescheiden lebte. Erst als sie ernsthaft gebrechlich wurde und gepflegt werden mußte, durfte er für die Kosten aufkommen. Über all die Jahre hatten sie Briefkontakt, aber gesehen haben sie einander meines Wissens nur damals in den siebziger Jahren auf Schloß Blühnbach in Werfen. 1995 wurde Elza Brandeisz von Israel als ‚Gerechte unter den Völkern' geehrt. Sie starb erst vor kurzem, im Jahr 2018, in Sopron. Im Alter von hundertundzehn Jahren!"

„Tanzen hält jung", erwiderte ich und erschrak angesichts der schnoddrigen Formulierung. „Dann habe ich also den Museumsführer von einer ‚Gerechten unter den Völkern' erworben. Schade, daß ich das damals nicht gewußt habe."

„Sie machte kein Aufhebens um die Rettung der Soros-Familie. Das war sehr klug von ihr. Es wäre ihr ergangen wie der Philosophin Agnes Heller, die ihre halbe Familie in Auschwitz verlor und selbst nur durch eine Kette unglaublicher Zufälle überlebte. Nach ihren zwölf australischen Exiljahren kehrte sie 1989 nach Budapest zurück und unterrichtete an der Eötvös-Loránd-Universität. Es dauerte nicht lange, und sie wurde antisemitisch beflegelt. Auf der Tür zu ihrem Institut fand sie Zettel und Aufschriften wie „In Auschwitz vergessen?" oder „Ab ins Gas, Agnes!" vor. Die Täter wurden nie gefaßt, kein Wunder, man hat auch nicht nach ihnen gesucht. Elza Brandeisz kannte ihre ungarischen Pappenheimer! Madame hat erst an jenem Abend von Elzas Mut erfahren. Danach haben die beiden sich regelmäßig in Sopron getroffen – so lange es ging. In jenem Gasthaus, das auch Sie aufgesucht haben."

„Ich nehme an, daß ihre Existenz in Viktor Orbáns Ungarn totgeschwiegen wurde …"

„So ist es", sagte Herr Kálmán. „Es wäre eine unauslöschliche Schande für Ungarn, wenn sich die Kinder der Judenmörder, die sich gegenwärtig darin üben, in die Fußstapfen der Väter zu treten, mit Elzas Namen schmückten."

Vom Dozenten wußte ich, daß Herr Kálmán aus einer Stahlarbeiterfamilie aus Salgótarján in Nordungarn stammte. Nach '45 engagierte er sich bei den Kommunisten, floh aber bald aus privaten Gründen über Jugoslawien nach Wien. Er hatte sich in eine Sekretärin der Österreichischen Bischofskonferenz verliebt, die Oppositionelle in Budapest mit Geld und Kontakten unterstützte. Als ihm der Boden zu heiß wurde, entzog er sich im letzten Moment dem Zugriff der ungarischen Geheimpolizei und floh mit seiner Geliebten nach Graz, wo er sich bei der Maschinenbaufirma Andritz als LKW-Fahrer verdingte. Den beiden waren nur fünf glückliche Jahre beschert, dann starb seine Frau innerhalb weniger Monate an einem Hirntumor. Das Paar blieb kinderlos. Wie er es schaffte, sich in Madames Fabrik als Direktionschauffeur zu etablieren, weiß ich nicht. Ich vermute, daß es über Vermittlung ihres damals noch lebenden Mannes gelaufen sein mußte, der als Sektionschef im Handelsministerium nicht nur gute Kontakte nach Ungarn pflegte, sondern ein ausgeprägtes Faible für das Land hatte. Badeurlaube am Balaton gehörten für Madames Familie schon in den sechziger Jahren zur Sommerroutine.

Und jetzt saßen wir beide, Privatermittler der eine, Sicherheitschef und Chauffeur der andere, im Mirabellgarten und schwelgten in Geschichten aus Madames Vergangenheit. Was ihren Aufenthaltsort und jenen ihres Managerfreundes anlangte, waren wir beide ratlos. Seltsamerweise wurde ich den Eindruck nicht los, daß Herr Kálmán nicht sehr darunter litt. Vielleicht war er aber auch nur froh, sein Herz erleichtern zu können.

11. Kapitel

Vor dem Scharfrichterhaus und am Almkanal.
Bewaffnete Aufklärung im Blühnbachtal

Herr Kálmán und ich wechselten ins Café Bazar. Plötzlich tauchte der Dozent auf, er hatte mich in meiner
Bleibe verpaßt und war auf dem Weg zum Café
Bellini's. Er habe im Stadtarchiv Erkundigungen eingezogen, sagte er geheimnisvoll. Er glaube, jetzt zu
wissen, wer hinter den Wagnerianern mit ihren schwarzen Geländewagen stecke. Und er habe eine Ahnung,
was es mit den seltsamen Vorfällen und den Puppen
auf sich habe. Auch wenn sie recht phantastisch an-
mute, die Ahnung verdichte sich mit jeder Stunde. Die
Information, daß seine Mamà bereits in der Stadt und
zu einem vereinbarten Treffen nicht erschienen war,
nahm er mit großer Gelassenheit hin. Ich fragte mich
schon, ob der Dozent insgeheim hoffte, bald sein Erbe
antreten zu können, aber dann schalt ich mich einen
Narren, den Dozenten kannte ich nun so lange, Geld-
gier und Machtgeilheit hatte ich an ihm noch nie festgestellt. Nicht einmal in Spuren. Er war glücklich mit
seinem Leben als leicht verschrobener Privatdozent, der
sich an der einen oder anderen soziologischen Studie
beteiligte, Radtouren durch Mitteleuropa unternahm
und ständig auf der Suche nach der einzig zu ihm
passenden Frau war, eine Suche, die er insgeheim aber

so anlegte, daß die Gefahr, auf eine Favoritin zu treffen, gering war. Und wenn sich trotz aller Vorsichtsmaßnahmen eine Gelegenheit auftat, unternahm er zwanghaft alles, daß die Möglichkeit des Scheiterns in die Wirklichkeit umschlug. Dazu bediente er sich einer Krücke, er unterstellte den Frauen, die Interesse an ihm zeigten, finanzielle Interessen, und das könne er mit seinem wissenschaftlichen Selbstbild nicht vereinbaren. Er wolle um seiner selbst und nicht um das Erbe der Mutter wegen geliebt werden. Im Grunde war der Dozent ein rundum glücklicher Mensch, der sein Leben, soweit es Menschen seiner Konfiguration möglich war, in maßvollen Zügen genoß. Als hätte er meine Gedanken gelesen, sagte er, zu Herrn Kálmán gewandt, er mache sich Sorgen. Er auch, seufzte der stolze Ungar. Madame sei in Gefahr, und es sei ihm nicht möglich zu helfen. Er mache sich Sorgen um die Entführer, präzisierte der Dozent, seine Mutter sei eine furchtlose und herrschsüchtige Frau, die mit allen Menschen umspringe wie mit Arbeitern ihrer Fabrik. Herr Kálmán fand diese Bemerkung nicht lustig. Ich schon.

Ich besuchte noch die Behindertentoilette im ersten Stock, ein technisch-architektonisches Weltwunder, das in keinem Reiseführer erwähnt wird. Im Stiegenhaus des Gußeisenbaus hatten geniale Konstrukteure an der Treppe in den ersten Stock eine klappbare Plattform angebracht. Vom hilfsbereiten Personal mittels Schlüssel in Bewegung gesetzt, gondelte man gute fünf Minuten rund ums Stiegenhaus in die Höhe und hatte dabei Gelegenheit, Fotografien von Schauspiel- und Regiestars anzusehen. Der Naßraum war zweckmäßig eingerichtet und frei von Putzgerümpel, Stühlen und anderem Sperrgut, das Behindertentoiletten so oft unzugänglich macht.

Wenig später bewegten wir drei uns in meinem Renault 5 durch die engen Gassen von Salzburg-Aigen. Vor den Häusern in der kurzen Carl-Storch-Straße machte ich Halt und versuchte, an den Türschildern die Namen der Bewohner zu entziffern. Von Gurlitt war keine Spur, kein Wunder, der Mann war 2014 verstorben. Aber im Haus Nummer 5, das eine Mansardenwohnung aufwies, fanden sich drei Namen, einer lautete auf „J. Koller, Privatier". Der Dozent warf mir einen fragenden Blick zu, schwieg aber. Und Herr Kálmán sagte nur, es hätte vor fünfundzwanzig Jahren einen baumlangen, glatzköpfigen tschechischen Fußballstürmer namens Jan Koller gegeben, der in Dortmund Erfolge gefeiert hatte und bis heute in der tschechischen Nationalmannschaft die Torschützenliste anführe.

Dann suchten wir das ehemalige Scharfrichterhaus neben einem Friedhof auf. Hier war also die Richtstätte, auf der hunderte „Hexen", unter ihnen viele Kinder, bei lebendigem Leib verbrannt worden waren. Es lohnte aber nicht auszusteigen, mehrere Streifenwagen blockierten den Weg, und im Hintergrund sah ich zwei schwarze Geländeautos und ein paar Wagnerianer in ihren Uniformen.

„Es gibt in Salzburg keinen Ort, wo diese Gangster nicht ihre schmutzigen Finger drin haben", meinte Herr Kálmán.

Der nächste Weg führte uns an den nahen Almkanal hinter dem Schloß Leopoldskron, Max Reinhardts fürstlicher Bleibe. Auch dort dasselbe Bild, Absperrungsbänder der Polizei, zwei Streifenwagen, Polizisten – und wiederum zwei schwarze Geländeautos mit russischen Kennzeichen. Zwei Wagnerianer untersuchten den Baum, an dem eine motorisierte Seilwinde für die Wakeboarder befestigt war, die es ihnen ermöglichte, atemberaubende Manöver in dem schmalen Wasserlauf zu fahren. Ein bärtiger Mann in einem Neoprenanzug war dabei, seine Siebensachen zu packen. Das sei Dominik Hernler, einer der weltbesten Wakeboarder, man habe ihn vor der Gefahr gewarnt, erklärte ein übereifriger Polizist.

Weiter ging die Fahrt auf der Autobahn Richtung Innergebirg. Keiner der beiden fragte nach dem Ziel des Vorstoßes. So lobe ich mir meine Truppen, dachte ich. Für Fragen war in einer Stunde noch genug Zeit. Ich schätzte die Chancen, Madame und ihren Freund im Schloß Blühnbach vorzufinden, als hoch ein. Ein abgeschiedener Ort in einem Talschluß, rundum eingezäunt und auch aus der Luft infolge der schroffen Bergspitzen und nahen Hochwälder schwer erreichbar – es gibt kaum bessere Verstecke. Glencore arbeitet eng mit russischen Rohstoffkonzernen und den russischen Behörden zusammen, in Vorstand und Aufsichtsrat der diversen Firmenteile sitzen hochrangige russische Manager. Es würde mich nicht wundern, sollten diese die hochrangigen Kader des Konzerns vor den Nachstellungen der Ökoanarchisten in eine luxuriöse Sicherheitshaft genommen haben. Auch für die allgegenwärtigen Wagnerianer mit ihren schwarzen Mercedes-Geländewagen fände sich damit eine Erklärung. In diesem Szenario hätten diese für die Absonderung der Manager zu sorgen, gleichzeitig sollten sie etwaige Attentäter einschüchtern und Präsenz zeigen. Es war auch davon auszugehen, daß Teile der Salzburger Behörden eingeweiht waren.

Von der Landesstraße neben der Salzach bogen wir auf Höhe des Eisenwerks Weinberger in Tenneck in ein gebirgiges Stichtal Richtung Hagengebirge ab. Das Fahrverbotsschild ignorierte ich aus republikanischen Motiven, denn das Tal, an dessen Ende sich das bischöfliche Jagdschloß befand, das vom Thronfolger Franz Ferdinand 1910 erworben aber noch während des Krieges an den alten Krupp, Chef der größten deutschen Waffenschmiede, weiterverscherbelt worden war, sollte vom Publikum nicht betreten werden. Nun wurden in der halbherzigen österreichischen Revolution des Jahres 1918 nicht nur die Adelstitel abgeschafft, sondern auch der forstliche Privatbesitz dem Staat überantwortet, der mit seinen republikanischen Bundesforsten den ausgedehnten Wald bewirtschaftete. Von meiner Großmutter, deren Mann im Werk Tenneck als Platzmeister gearbeitet hatte, wußte ich, daß der Thronfolger unter den Arbeitern nicht gut gelitten war und nichts dazu tat, diese Einschätzung zu verbessern. Die Bundesforste benahmen sich aber noch feudaler und ausschließender als der Thronfolger.

Noch am Beginn unserer Expedition hatte ich den stillen Vorwurf Herrn Kálmáns verspürt, warum wir nicht mit dem Direktionswagen losgefahren waren, aber bald war das Gewicht dieses Vorwurfs zu dem einer Feder geschrumpft. Er wußte jetzt, warum ich sein Ansinnen, doch mit Madames Jaguar zu reisen, ausgeschlagen hatte. Das Schlachtschiff wäre an den Wurzeln und Felsen, die aus der Naturstraße ragten, zuschanden geworden. Mein hochbeiniger Renault mit dem schwächlichen Motor – von einem Facel Vega durfte ich nur träumen – konnte sich genau hier an dieser Gebirgsstraße bewähren. Der Dozent hatte sein Notebook zugeklappt, die nächsten sieben Kilometer würden unsere volle Aufmerksamkeit erfordern.

Ich achtete auf die Reifenspuren von Geländewagen. Ein paar Mal sah ich die Abdrücke schwerer Holztransporter, aber von den Wagnerianern und ihren übermotorisierten Särgen war nichts zu sehen.

Ungefähr in der Mitte des Weges passierten wir eine Lichtung, auf der drei massive hölzerne Waldbauernhäuser standen, wovon das mittlere einst blau gefärbelt gewesen sein mußte, Farbreste an den roh behauenen Stämmen blätterten ab, sie tanzten im Wind. Hinter den Häusern klaffte eine tiefe Schlucht.

Alle Wege im Blühnbachtal enden am schmiedeeisernen Tor zum Park. Am Ende einer großen Wiese kann man einen Blick auf das Jagdschloß erhaschen. Eine Kamera überwachte den Weg, es waren weder Fernsprechanlage noch Klingel angebracht.

Ich schickte den Dozenten vor, er möge ein paar Meter den Berg rechterhand hinaufklettern und mit Hilfe des Feldstechers einen Blick auf den Vorplatz des Schlosses werfen. Bald war der Dozent zurück, er schüttelte den Kopf. Keine Spur von schwarzen Geländeautos, sagte er. Niemand zu sehen. Das Schloß wirke verlassen.

Herr Kálmán war ebenfalls ausgestiegen und ging auf dem Holzabladeplatz vor dem Tor auf und ab. Mein Eindruck, daß er sich nur halbherzig an der Suche beteiligte, verstärkte sich. Er mußte doch schon einmal hier gewesen sein, dachte ich, als er die Damen zum Schloß chauffiert hatte, um George Soros zu treffen. Seither waren Jahrzehnte vergangen, aber ein Mann wie Kálmán verfügte unzweifelhaft über eine herausragende Orientierung. Wußte er, daß Madame sich nicht im Schloß befand? Wenn ja, woher? Und warum spielte er den Ahnungslosen?

Der Dozent hingegen widmete sich der Suche mit Hingabe. Er lebte zwar im Dauerkonflikt mit seiner alten Lady, aber so zerrüttet war ihr Verhältnis nicht, daß ihm das Schicksal seiner Mutter egal war.

Andererseits: Wenn Herr Kálmán wußte, daß wir auf der falschen Fährte waren, hieß das noch nicht, daß er Madames Aufenthaltsort kannte. Oder spielte er uns in ihrem Auftrag etwas vor? Wem wäre damit gedient? Meine Gedanken gingen im Kreis. Ich hätte mich jetzt gern mit Mister Giordano ins Einvernehmen gesetzt.

Wir traten den Rückzug an. Ich wendete, was der engen Straße wegen nicht einfach war. Neben mächtigen Baumstämmen tat sich die Schlucht auf. Nach wenigen Metern übertönte ein seltsam singendes Geräusch den Motorlärm, irgendetwas mußte sich in einem Rad verklemmt haben, auch die Lenkung zog auf eine Seite. Der Dozent erbot sich nachzusehen, aber ich winkte ab und wollte das geöffnete Faltdach schließen, ließ es dann aber bleiben. Das erwies sich als schwerer Fehler. Weiter ging die Fahrt über Stock und Stein, das eingeklemmte Rad sang jetzt nicht mehr, es scheuerte am Radkasten. In die würzige Waldluft mischte sich der scharfe Geruch von bearbeitetem Eisen. Ich sah das Ende unseres Vorstoßes ins Blühnbachtal gekommen. Nach einem kurzen Halt fuhr ich vor und zurück und versuchte, das eingeklemmte Teil auf diese Weise abzuschütteln. Das brachte nur eine kurzfristige Erleichterung. Nach wenigen Kurven war das Geräusch wieder da, lauter und bedrohlich als zuvor. Wie wir auf diese Weise die verbleibenden sechs oder sieben Kilometer auf der ausgeleierten Straße, die abschnittsweise mehr einem Hohlweg glich, schaffen sollten, war mir schleierhaft.

Wenn man in einer gefährlichen Lage nicht weiter weiß, soll man die eingeschlagene Bewegung unbeirrt

fortsetzen, erinnerte ich mich einer Regel. We'll cross
that bridge when we come to it, hämmerte ich mir ein,
und fuhr so gut und so schnell ich es vermochte weiter.
Tatsächlich ereignete sich etwas Unerhörtes. Ein Tier
fiel vom Rand des geöffneten Faltdaches dem Dozent
auf den Oberschenkel. In einem Reflex riß er die Seiten-
tür auf und stieß das zähnefletschende, stinkende Unge-
heuer aus dem fahrenden Auto. Ich beschleunigte weiter
und raste wie ein Rallyefahrer auf einer abschüssigen
Sonderprüfung talwärts. Aber wir waren nicht schnell
genug, und der tollwütige Hund war nicht allein. Ich
versetzte den Wagen ins Schlingern, rechts und links
knallten die Räder an Felsen und Baumstämme. Fort-
gesetzt versuchte eine Meute, über das verfluchte offene
Dach in den Wagen zu kommen oder aus vollem Lauf
ins Wageninnere zu springen. Als es einer Bestie gelang,
auf die Motorhaube zu klettern und sich mit den Vorder-
läufen am Dachrand verhakte und furchterregend die
Zähne fletschte, ertönte ein Schuß, das Tier war in den
Kopf getroffen, es rutschte seitlich über die Motorhaube
auf die Straße. Zweimal noch mußte Herr Kálmán
seine Pistole bemühen, dann weitete sich der Weg und
wir querten den Platz vor den drei uralten Holzhäusern.
Ich fuhr weiterhin mit Höchstgeschwindigkeit. Das
metallische Hämmern war wieder zu hören, aber ich
dachte nicht daran, das Tempo zu reduzieren. Von den
Bestien war nichts mehr zu sehen.
Als wir nach Tenneck hinunterkamen, die Waldstraße
in eine asphaltierte Straße überging und erste Häuser

mit Blumenrabatten und Carports auftauchten, atmete ich tief durch. Vor dem Eingang zur Fabrik rollten wir aus. Es war eben 14 Uhr geworden, der Schichtwechsel führte einige Dutzend Arbeiter an uns vorbei. Die meisten gingen zu ihren Autos, andere traten in ein Lebensmittelgeschäft.

Langsam verdichtete sich in uns das Unglaubliche zur Erkenntnis: Wir waren von einem Wolfsrudel attackiert worden.

12. Kapitel

Auf dem Dach der Universität.
Drei hohe Kleriker aus dem Osten sterben den Märtyrertod.
Zwei Amerikaner haben Logistikprobleme.
Anton Poschacher hat ein Geheimnis

Herr Kálmán inspizierte den Wagen und fand am linken Hinterrad einen zwischen Radkasten und Reifen verkeilten Ast. Er trat ein paar Mal dagegen, das Holz kollerte auf den Parkplatz. Die weitere Kontrolle brachte keine unliebsamen Überraschungen. Die ganze Zeit hatte ich Ausschau nach den Wagnerianern gehalten, diese Front erwies sich aber als ruhig. Wir konnten losfahren.

Niemand sprach. Zurück in Salzburg, suchte ich in der Alpenstraße eine Tankstelle auf. Während Herr Kálmán den Wagen betankte und die Scheiben reinigte, machte sich der Dozent an der vorderen Stoßstange zu schaffen, er zog ein blutverschmiertes Haarknäuel hervor und trug es mit weit von sich gestreckten Händen zu einem Mistkübel. Die Kassiererin eilte ins Freie und machte ihm Vorhaltungen. Hundeabfälle gehörten nicht in den Müll, da müsse er schon die Tierkadaverstelle beim Flughafen aufsuchen. Der Dozent dankte für die Belehrung und drückte der Frau einen Geldschein in die Hand. Sie nahm das Geld, steigerte aber ihre Empörung. Nun herrschte der Dozent sie an. Sie solle ihren Mund halten. Und während er den Rest des Fellfetzens in den Kübel stopfte, fügte er drohend hinzu: „Das hier stammt nicht von Hunden, das waren Wölfe."

Wölfe gebe es nur im Hellbrunner Zoo, gab die Kassiererin zurück. Wölfe seien vorm Aussterben geschützt, rief sie mit sich überschlagender Stimme. Wir seien Tiermörder. Sie werde das der Polizei melden.

„Aber bitte der Tierpolizei, die ist dafür zuständig", blaffte der Dozent zurück.

„Und wenn ich den Notruf wähle?", schrie sie weiter.

„Kommt der Wolf. Dann gnade Ihnen Gott." Er machte kehrt. Sie stand mit offenem Mund da. Herr Kálmán hielt ihr einen Geldschein hin, den sie sofort ergriff. Als wir abfuhren, sandte sie uns obszöne Flüche hinterdrein.

Der Dozent führte uns zur neuen Universität im Nonntal. Es gebe auf dem Dach neben einem Bistro eine Aussichtsplattform, man könne von dort aus eine alternative Aufstiegsmöglichkeit auf den Festungsberg erkunden. Vielleicht stoße man auf diesem Weg auf Hinweise von Madame. Das Herz der Stadt schlage nicht wie das Große Festspielhaus und die Felsenreitschule am Steilabfall des Festungsbergs, es reiche tief in den Fels hinein. Neben dem Almkanal und seinen Verzweigungen gebe es im Festungsberg Höhlen und Gänge aus nahezu tausend Jahren. Ein Gutteil sei nicht zugänglich oder überhaupt vergessen. „Es bleibt uns nichts andres übrig, als dort Nachschau zu halten."

Ich nahm den Vorschlag mit Skepsis auf. Es stimme zwar, daß der Festungsberg wie ein Termitenbau sei, räumte ich ein. Mit meinem Cousin hätte ich in den siebziger Jahren auf der Rückseite des Bergs einige überwachsene und schlecht gesicherte Zugänge in den Berg erkundet. Schließlich habe uns aber der Mut verlassen. Ohne Unterstützung von Spezialisten würde ich niemandem raten, in den Termitenbau vorzudringen. Sollten die Entführer von Madame auf diese Karte setzen, seien sie naive Amateure. Wenn sie nur ein bißchen Grips hätten, würden sie den Berg meiden. Außerdem sei die mittelalterliche Altstadt Salzburgs ein einziges in den Fels gehauenes Labyrinth, die Stadt an der Oberfläche setze sich in mehreren Stockwerken unter den verschachtelten Häusern fort. Dort gebe es hunderte Möglichkeiten, unbeeinflußt vom Touristentrubel subversiven Aktivitäten nachzugehen. Ohne konkrete Hinweise nach Spuren der Entführer zu suchen, sei reine Zeitvergeudung und die könnten wir uns in der gegenwärtigen Lage nicht leisten. „Zu guter Letzt komme ich zum springenden Punkt. Ich gehe davon aus, daß die ‚Puppenspieler‘ aus der ökoanarchischen Szene kommen, ich glaube aber nicht, daß sie mit den Morden zu tun haben."

„Und wie verhält es sich mit den Wölfen?", warf der Dozent ein. „Auf wessen Seite kämpfen die? Der tote Ami beim Leopoldskroner Schloß – wer hat ihn ermordet? Die Wagnerianer? Und warum? Wenn man davon ausgeht, daß die Söldnertruppe aufgeboten wurde, um russische Festspielprominenz zu schützen, und wenn man dann noch in Rechnung stellt, daß diese Herrschaften keine Skrupel kennen …"

„Würde man rasch zu falschen Schlussfolgerungen kommen", erwiderte ich.

„Und der Spinner vom Wursttempel?", ließ der Dozent nicht locker. „Aber der ist wohl eher ein Fall für die Psychiatrie als für die Polizei", nahm er sich im nächsten Moment zurück.

Herr Kálmán schüttelte den Kopf, sagte aber nichts. Ich hielt den Ansatz des Dozenten für eindimensional. Ich sah keinen Grund, den seltsamen Vogel nur aufgrund seines eigenwilligen Auftretens aus dem Kreis der Verdächtigen auszuscheiden. Doppelbegabungen sind im Leben häufiger, als man denkt.

„Ich glaube, daß die Wölfe auf eigene Faust handeln", sagte Herr Kálmán in einem Ton, der unseren Kriegsrat mit einem Schlag beendete.

Von der Aussichtsterrasse der Universität waren die Rückseite des Festungsbergs und der Klosterkomplex der Benediktinerinnen zum Greifen nah. „Wir sehen hier das älteste durchgängig bestehende Frauenkloster der Welt", sagte der Dozent im Tonfall eines gelangweilten Stadtführers.

„Und wie alt, verehrter Reiseleiter, ist das?", versuchte ich ihn im Tonfall imitierend aus der Ruhe zu bringen.

„Seit dem Jahr 711", erwiderte der Dozent noch immer gelangweilt.

„Das älteste Kloster Ungarns ist drei Jahrhunderte jünger", flocht Herr Kálmán ein.

„Auch Benediktiner?", fragte ich, ebenso gelangweilt.

„In Mitteleuropa sind das die Platzhirsche", antwortete der Dozent überaus gelangweilt.

Die Terrasse erinnerte mich an einen Leuchtturm. Neben der Abtei befand sich ein Aufgang zur Festung, er war allerdings so steil, daß nicht daran zu denken war, hier einen Gipfelsturm zu versuchen. Da wies der Dozent auf die Schrägseilbahn, die vom Kloster auf die Festung hinaufführt.

„Ich weigere mich, mit Josef den skandalös steilen Aufgang zur Festungsbahn beim Domplatz zu nehmen. Meine Schultern und Josefs Fahrgestell machen da nicht mit. Und für den klapprigen Aufzug dort unten gilt dasselbe. Die Festung Hohensalzburg bleibt für mich unzugänglich. Ich bin und bleibe ein Wesen der niederen Stände."

„Das ist aber die Lösung!", rief der Dozent und machte eine großartige Geste Richtung Nonntal. „Der älteste Schrägaufzug der Alpen! Entstanden Mitte des 15. Jahrhunderts, seinerzeit von neun Mann handbetrieben. Durch den Einbau eines Elektromotors verkürzte sich die Fahrzeit von einer Stunde auf fünf Minuten. Und das Schöne ist: Der Zugang zur Talstation ist auch für Sie machbar, Sie werden gleich sehen."

Herr Kálmán schüttelte den Kopf, der Vortrag des Dozenten zerrte sichtlich an seinen Nerven. Plötzlich war da ein infernalisch lautes Geräusch. Drei Hubschrauber rauschten bedrohlich nahe über unsere Köpfe hinweg und setzten bei der Polizeidirektion in der Alpenstraße zur Landung an.

„Die moderne Bundespolizeidirektion. Erbaut Anfang der Achtziger im strengen Stil des späten Realsozialismus", fuhr der Dozent ungerührt fort. „Zuvor logierte die Polizei im Toskanatrakt der Alten Residenz. Heute ist dort der juridische Teil der Universität untergebracht."

Herr Kálmán stieß einen obszönen ungarischen Fluch aus.

„Was heißt das?", fragte der Dozent.

„Es reicht!", sagte ich. „Klappe halten!"

Der Dozent zog die Oberlippe hoch und wandte sich gekränkt ab.

„Hoffentlich ist Madame nichts passiert", jammerte Herr Kálmán, der plötzlich alt und gebrechlich wirkte.

Für einen Moment hatte ich den Eindruck, als würden unsere Ermittlungen sich in Nichts auflösen. Darüber erschrak ich so sehr, daß ich in einen offiziellen Tonfall verfiel. „Meine Herren!", sagte ich entschieden. „Kapituliert wird nicht. Wir müssen unsere Strategie überdenken. Was haben wir? Oder besser: Was haben wir nicht?"

„Wir haben einen Sicherheitsapparat, der in Panik gerät", sagte Herr Kálmán. „Die Hubschrauber fliegen viel zu niedrig."

„Wir haben zwei oder mehr Tote, eine Leiche wurde verstümmelt", ergänzte der Dozent.

Die Kellnerin des Bistros brachte Espressi und Wasser. Ob wir schon gehört hätten? Wir verneinten.

„Drei hohe geistliche Würdenträger wurden tot aufgefunden", sprudelte es aus der aufgeregten jungen Frau hervor. „Der Tourismusverantwortliche der Polizeidirektion hat einen Nervenzusammenbruch erlitten. Was verschärfend dazukommt, ist der Umstand, daß man die drei an verschiedenen Orten gefunden hat. In einem Trachtenmodengeschäft der eine, ein römischer Monsignore, der in der Umkleidekabine – er war eben dabei, ein Festtagsdirndl anzuprobieren – aufs Fürchterlichste entstellt aufgefunden wurde. Der zweite, ein hoher Würdenträger der ukrainisch-orthodoxen Kirche, starb in einem begehbaren Safe in einer Bank hinter dem Rudolfskai, er wurde im Zustand einer fortgeschrittenen körperlichen Desintegration aufgefunden. Die Körperteile waren im gesamten Safe verstreut – und Safes sind in diesem Teil Salzburgs so groß wie ein luxuriöses Dirigenten-Penthouse. Und die drei Schließfächer mit Ikonen, Juwelen und hohen Geldbeträgen in verschiedenen Währungen waren offen – und unangetastet! Und der dritte Mord betraf einen Bischof aus Niederpolen, der, man kann es nicht anders sagen, hinter dem Schloß Mirabell zwischen den NS-Statuen des Paracelsus und des Kopernikus zerfetzt wurde. Der alte Mann saß im Rollstuhl, er wurde halb aufgefressen. Sein Assistent, ein junger Geistlicher, entkam, aber er hat die Sprache verloren."

„Und der Todeszeitpunkt?", fragte ich. „Heute gegen Mittag, alle drei", sagte die Kellnerin.

„Und woher haben Sie die Informationen?", wollte der Dozent wissen.

„Alles klar", sagte ich unterbrechend. „Die Kollegin hat eine Freundin in der Bundespolizeidirektion, in der Abteilung für geheime Fälle."

„Falsch!", sagte die Kellnerin. „Es handelt sich um meinen Freund. Der Arbeitsort stimmt aber."

Mein uraltes Handy läutete. Vielleicht meldet sich Madame und erklärt die Suche für beendet, schoß es mir durch den Kopf. Sie wird uns maßregeln. Und mit dem bißchen Honorar, das ich noch erwarten konnte, würde ich keine weiten Sprünge machen. Andererseits, weite Sprünge waren bei mir ohnehin nicht mehr zu erwarten.

„Ich war heute im Blühnbachtal", sagte Poschacher Toni.

„Gratuliere", sagte ich.

„Ich bin oft dort", fuhr Toni fort. „Es ist das schönste Tal weit und breit. Wenn man das Schloß auf Klettersteigen umgeht, kommt man zum Königssee."

„Hast' eine Geliebte in Deutschland?"

„Blödsinn. Das Auto ist schon erfunden. Was habt ihr heute Mittag im Tal gesucht?"

„Du hast uns gesehen?"

„Von meinem Ansitz aus überschaue ich das ganze Tal. Das Schloß ist derzeit ohne Gäste. Bis auf den Verwalter, ein hilfsbereiter Mann, und zwei Gehilfen ist Blühnbach unbewohnt."

„Und was hatten die russischen Geländewagen neulich im Tal zu suchen?"

„Das frage ich mich auch."

„Komm, Anton! Erzähl mir keinen Stuß!"

„Ich weiß es wirklich nicht. Fürchterliche Leute! Der alte Krupp mit seiner Nazi-Bagage war schon schlimm genug, dann der Milliardär, dessen Brüder in den USA die extreme Rechte sponsern, während er in Salzburg den kunstsinnigen Stifter gibt. Und jetzt diese Truppe. Vielleicht hat Elfi doch recht."

„Womit?"

„Daß auf dem Schloß ein Fluch lastet."

„Toni, bitte sag mir: Die Russen wurden vorgestern im Tal von Wölfen angegriffen. Richtig?"

Mein Jugendfreund schwieg. Es war ein zustimmendes Schweigen. Ich war mittlerweile ein Dutzend Meter zur Seite gefahren. Ich bin kein Freund des Telefonierens, und ich mag es nicht, wenn andere zuhören.

„Wir wurden heute ebenfalls von Wölfen angegriffen!", setzte ich fort.

Toni murmelte etwas.

„Du mußt lauter reden, Toni!"

„Ich hab's mitgekriegt", sagte er. „Es ist euch aber nichts zugestoßen!"

Was für eine noble Formulierung für einen Mordanschlag, dachte ich. „Wir hatten Glück. Ich hasse Situationen, in denen man Glück haben muß, um zu überleben. Aber sag, arbeitest du denn nicht mehr?"

„Ich hab mir Urlaub genommen."

„Geplanten Urlaub?"

Abermals schwieg der Gemeindesekretär von Werfen. Dann sagte er: „Groll! Alter Freund. Pass gut auf! Da braut sich etwas zusammen. Wie damals im 47er Jahr, als die drei Unwetter zusammengekommen sind. Ich hab all die Jahre befürchtet, daß die alte Geschichte wieder hochkommt, und hab schon gedacht, daß ich das nicht mehr erleben muß. Aber jetzt besteht kein Zweifel mehr. Lang hat's gedauert, aber jetzt is' es soweit."

„Was ist soweit? Sprich doch nicht in Rätseln!"

Toni senkte die Stimme. „Weißt du, wer heute morgen, vom Königssee kommend, ins Tal abgestiegen ist?"

„Luis Trenker wird's nicht gewesen sein. Und der Bubi Bradl auch nicht."

Toni ließ sich nicht beirren. „Er hat lange, weiße Haare, zu einem Zopf gebunden. Und er trägt einen verschlissenen Nadelstreifanzug."

„Neuerdings vielleicht auch ein Jackett?"

„Kann sein." An seiner Stimme hörte ich, daß Toni sich unwohl fühlte.

„Du meinst den seltsamen Vogel vom Wursttempel am Mirabellplatz?"

„Ottavio Unschlicht. Ja, den meine ich." Er machte eine Pause. Dann stieß er, die Worte fast verschluckend, hervor: „Er ist oft im Tal."

„Ich hätt' es mir denken können."

„Was meinst du damit?"

„Ich hab den Unschlicht gestern Abend beim Wurstbrater kennengelernt. Ein paar junge Amis waren auch dabei. Daß er nicht ganz von dieser Welt ist, war mir rasch klar. Eine Borderline-Persönlichkeit mit einer ausgebrannten Psychose, so hab ich ihn eingeschätzt. Aber daß er im Blühnbachtal umherkraxelt, hätt' ich ihm nicht zugetraut. Hat er Kontakt zum Schloßherrn?"

„Unschlicht hat mit dem Schloß nichts zu tun, für ihn ist das ein feindliches Territorium." Antons Stimme war jetzt wieder fest. „Das Schloß wurde ja von Fürsterzbischof Wolf Dietrich von Raitenau um 1605 errichtet und dann von seinen Nachfolgern genutzt."

„Verstehe", sagte ich und fragte mich, ob dieser Tag der Belehrungen je zu Ende gehen würde.

„Der Unschlicht hat es nicht so mit den Geistlichen", fuhr Anton fort. „Vergiß nicht, Werfen war ein Zentrum der Protestanten, getragen von den Bergarbeitern. Wer seinem Glauben nicht abschwor, wurde von den katholischen Schergen als Galeerensklave nach Venedig verkauft oder nach Ostpreußen verbannt. Oder sie wurden verbrannt, als Zauberer oder Hexen. Die Katholischen waren da nicht wählerisch. Unschlichts Besuche gelten nicht dem Thronfolger, nicht den Krupps und auch nicht dem Schöngeist Frederick Koch. Sie gelten nicht dem Schloß. Sie gelten seiner Mutter."

Der Satz raubte mir den Atem.

„Sind dir die drei Holzhäuser auf einer Lichtung oberhalb der Schlucht aufgefallen?", fuhr Toni fort. „Vom mittleren Haus blättert hellblaue Farbe ab."

„Unglaubliche Gebäude. Etwas Bedrohliches geht von ihnen aus", bestätigte ich.

„Du bist auf der richtigen Spur", sagte Toni. „Wir reden vom mittleren Haus."

In meinem Kopf schwirrten alle möglichen Gedankenfetzen umher. Worauf wollte Toni hinaus? Er ist mir doch gut, mein Anton wird mich nicht verarschen, versuchte ich mich zu beruhigen.

„Es gibt im Tal nichts, was einen Besuch lohnt", sagte ich nochmals. Und noch während ich das sagte, nahm eine dumpfe Ahnung in mir Gestalt an.

„Weißt du, was in dem blauen Haus früher geschah?", fuhr Toni unbeirrt fort. „Dort wurden Tierkadaver verwertet. Für Fette, Leim, Seife. Und gestunken hat's bis zum Hochkönig hinauf."

„Die Arbeit von Abdeckern", stieß ich hervor.

„Von Schindern", bestätigte Toni. „Es ist das Haus der Barbara Koller. Der ‚Schinder-Bärbel'."

„Aber ... das ist unmöglich!", rief ich. „Die Schinder-Bärbel ist seit dreihundert Jahren tot!"

„Bei uns ist nichts unmöglich!", sagte Toni bestimmt. „Ihr Name steht auf dem Grabstein hinter dem Haus, mit Blick auf den Blühnbach in der Schlucht. Ein roher Stein vom Hochkönig. Die Lettern sind mit einem Hammer in den Stein gemeißelt. *Hier ruht Barbara Koller. Sie lebte in Frieden und bekam den Krieg. Koller Jakob.*"

Atemlos fragte ich: „Unschlicht ist der Koller-Jackl?"

Wieder nahm ich Tonis Schweigen als Zustimmung.

„Unmöglich!", sagte ich so laut, daß der Dozent und Herr Kálmán aufmerkten. „Da versetzt sich irgendein Spinner in die Hexenzeit!"

Schweigen.

„Ich glaub es nicht."

„Mir erging es ebenso", sagte Toni. „Auch ich hab geglaubt, daß sich da einer die alte Geschichte zu eigen macht, aus welchen Gründen immer. Aber ... ich hab die Wahrheit lange verdrängt."

„Der Schinder-Jackl ist tot wie seine Mutter. Die nach peinlicher Folter als Hexe beim Scharfrichterhaus in Salzburg-Gneis verbrannt wurde", beharrte ich ein letztes Mal. „Wie die Zauberbuben auch."

„Sie ist verbrannt worden, dafür gab es viele Zeugen", bestätigte Toni. „Aber ihr Sohn, der Jackl, wurde nie gefaßt. Obwohl ihn etliche Zauberbuben unter der Folter verrieten, gelang ihm die Flucht, er war damals zwölf Jahre alt. Die Höhlen vom Hochkönig sind tief – und kaum erforscht. Du mußt das nicht glauben, Groll. Du mußt es wissen. Sonst kommt ihr nicht lebend aus Salzburg heraus. Das gilt auch für eure alte Dame und ihren Freund. Und all die anderen versteckten Wirtschaftskapitäne."

„Woher weißt du ...? Weißt du denn, wo ... wo sie versteckt werden?"

„Wenn ich es wüsste, würde ich es dir nicht sagen. Ich habe vier Kinder und möchte meine Pension noch erleben."

Ich versuchte einen Umweg. „Ist Elfi eingeweiht?"

„Dumme Frage."

Und dann hörte ich den Spruch, der mir schon zum Hals heraushing:

„Die Festspiele können alles, überleben alles, wissen alles."

„Ich weiß. Die Festspiele sind allmächtig."

„Das ist eine Untertreibung." Er machte eine kurze Pause und fügte hinzu: „Eine sträfliche Untertreibung."

„Und was ist mit den schwarz uniformierten Söldnern?"

„Ein Ärgernis. Elefanten im Porzellanladen. Die stören nur den Betrieb."

„Vielleicht ist das ja ihre Aufgabe. Ablenken und Nebelgranaten schmeißen."

„Ich blick da nicht durch", sagte Toni. „Wenn du mehr weißt …"

„Und die Amis mit ihrem Manifest?", ließ ich nicht locker.

„Und ihren Puppen. Große Festivals ziehen allerlei Spinner an. Da gibt's mediale Aufmerksamkeit für jeden möglichen Quatsch. Das war schon vor hundert Jahren so. Wußtest du, daß die Salzburger Bürger in den ersten Jahren der Festspiele das internationale Publikum inständig anflehten, *nicht* nach Salzburg zu kommen!"

„Fremdenfeindlichkeit. Angst vor Max Reinhardt?"

„Auch. Der Hauptgrund aber war: So kurz nach dem Krieg hatte man nicht genug zu essen. Die Festspielbesucher mußten ihr Essen selber mitbringen."

Herr Kálmán und der Dozent waren nähergekommen. Ich verabschiedete mich recht abrupt von Anton und erzählte den beiden das Nötigste, ohne aber die Geschichte mit dem Schinder-Jackl und seiner Mutter zu erwähnen.

Wortlos reichte der Dozent mir sein Notebook. Ich las:

Sehr geehrter Herr Professor! Groll, mein Schwiegersohn!

In Fox-TV wird berichtet, daß Wölfe die Stadt Salzburg heimsuchen, und das kurz vor dem Beginn der Festspiele. Es gibt Todesopfer, die Stadt sei in Panik. Fox bringt gern Mumpitz, also hab ich bei den anderen Networks Nachschau gehalten – die berichten ähnlich. Und als ich jetzt bei CNN einen Bericht sah, in dem von einer „invasion of wolves in der festival town" die Rede war und die Frage stellte, ob Max Reinhardt von den Toten auferstanden sei, muß ich dich als Angehörigen der Familie kontaktieren. Ich weiß, daß du in Salzburg bist und gehe davon aus, daß du in die Sache involviert bist, weil du deine Finger überall drin hast, wo sie nicht hingehören. Beantworte mir umgehend drei Fragen: Erstens: Ist es wirklich so schlimm, wie die Medienfritzen behaupten? Zweitens: Wie reagiert die Polizei? Drittens: Sind außer dir Leute aus der family betroffen? Ungeduldig warte ich auf deine Antwort!

Giordano

PS: Ich war ja nach dem Sieg über die Wehrmacht in Salzburg stationiert, im Camp Roeder. Ich kenne daher die braune Geschichte der Stadt und bin frei von Illusionen. Eine zeitweilige Mitarbeiterin in unserem Business, eine herausragend schöne und mit allen Wassern gewaschene Frau namens Virginia Hill, lebte einige Zeit mit ihrem späteren Mann, einem Salzburger Schirennläufer, in Idaho. Dann ging sie mit ihm und beider Sohn nach Salzburg, wo sie es aber nicht lange aushielt. Sie kam auf die unglückliche Idee, unter anderem auch meine Familie zu erpressen. Sie war dann noch einige Zeit in Vegas und kehrte wieder zurück nach Salzburg. Dort verliert sich ihre Spur. Streck

deine Fühler aus, ich hätte gern gewußt, was aus der Frau
geworden ist.
Grüße an dich und an den professore!

Herr Kálmán lotste uns mit traumwandlerischer Sicherheit zum Kloster Nonntal. Vor dem Beginn der Materialseilbahn stellten wir den Wagen ab. Während ich Josef zusammenbaute, fiel mein Blick auf die Auslage einer Galerie, die geistliche armenische Kunstwerke ausstellte. Ich schnappte mir das Notebook des Dozenten und beeilte mich, Mister Giordano zu antworten.

Verehrter Don! Lieber Schwiegervater!
Es ist schön, daß es dir gut geht. Zumindest glaube ich das deinen
Worten entnehmen zu können. Hier die Antworten auf deine Fragen:
Erstens: Es ist noch viel schlimmer. Die amerikanischen Medien
untertreiben, wie gewöhnlich. Der Grund: Die Börse mag keine
schlechten Nachrichten. Zweitens: Die Behörden sind ratlos und
verdecken das durch seltsame Aktivitäten, zum Beispiel lassen sie
Schützenpanzer und Kampfhubschrauber von der Leine. Drittens:
Du weißt von der Mutter des Professors, ich darf sie daher zum
erweiterten Kreis der Familie zählen. Ihre Maschinenbaufirma
steckt in Schwierigkeiten. Und sie selbst auch. Sie ist mit ihrem
Liebhaber, einem britischen Rohstoffhändler, verschwunden.
Offensichtlich entführt. Und ich soll die beiden finden und in
Sicherheit bringen. Ihr Sohn und der legendäre Chauffeur der
Lady, Herr Kálmán, helfen mir bei der Suche.

Der Chauffeur war auch ein findiger Mechaniker. Das Schloß zur kleinen Seilbahn war im Nu geknackt, und in wenigen Augenblicken hatte Herr Kálmán den Elektromotor in Gang gebracht.

Bevor wir losfuhren, deutete der Dozent noch auf einen kleinen und steilen Weingarten. „Wer hätte das gedacht! Ein Grand Cru vom Château Nonntal! Die Besitzer würde ich gern kennenlernen. Vielleicht könnte man ein Fläschchen gemeinsam verkosten."

Ich rollte mit Josef auf die Plattform, und schon tuckerten wir den Festungsberg hoch. Unser ungarischer Kollege blieb im Tal, er hatte die Aufgabe, meinen Wagen in der Garage meines Hotels abzustellen. Außerdem wollte er die Innenstadt noch einmal nach Spuren der Entführten absuchen. Bei Einbruch der Dunkelheit würden wir uns beim Wursttempel treffen.

Wenig später bugsierte mich der Dozent vorsichtig von der Plattform in eine gemauerte Kammer, die bergseitig offen war. Kaum waren wir im abschüssigen Wirtschaftshof der Festung angelangt, meldete Mister Giordano sich wieder. Der Dozent übergab mir das Notebook.

Geschätzter Groll! Schwiegersohn!
Wie kommst du darauf, daß es mir gut geht? Du denkst zu kurz.
Alten Männern geht es nie gut, merk dir das. Wenn die körperlichen
Einschränkungen einmal Pause machen, drängen sich die psychischen
vor. Was es da alles zu bedauern gibt! Ich muß mir eingestehen, daß
ich in meinem Leben oft zu weich gewesen bin und etliche Leute

laufen ließ, die den Tod vielfach verdient hätten. Wie du weißt, stehe ich im Ruf einer gewissen Konsequenz im Berufsleben. Der Ruf ist hart erarbeitet, der fällt einem nicht in den Schoß. Die Aura der Grausamkeit ist in unserer Branche unverzichtbar, will man nicht der Schwäche verdächtig werden. Und du weißt, daß Schwäche unter den Familien die Steigerungsstufe der Erbsünde darstellt.

Daß die Mutter des Professors in Schwierigkeiten steckt, betrübt mich sehr. Ich habe ein Faible für die alte Dame und ihre Maschinenbaufirma. Sie erzeugt Maschinen zur Gummiherstellung, nicht wahr? Operationshandschuhe, Präservative. Ein einträgliches und krisensicheres Geschäft – täglich werden Dutzende Millionen Menschen operiert und gevögelt wird auch immer. Was kann da schiefgehen? Vielleicht ließe sich auf der geschäftlichen Seite etwas machen. Ich könnte zum Beispiel zwei erfahrene Finanzbuchhalter schicken, genauer gesagt ist es nur einer, eine Koryphäe seines Berufes. Der andere ist sein Gorilla. Die zwei sind immer zusammen, wie du und dein Professor. Außerdem könnte ich einmal nachschauen, ob es noch ein paar alte Kontakte in Salzburg gibt. Damals wimmelte die Stadt ja nur so vor Agenten. Die Festspiele waren damals nichts anderes als eine Spionagemesse mit Musikbegleitung. Im übrigen: Ist Madame für erotische Abenteuer nicht schon etwas zu alt? Oder hängt das mit den Produkten zusammen, die auf ihren Maschinen hergestellt werden? Als erweiterte Materialprüfung der Gummiprodukte. Das wiederum würde den Respekt, den ich ihr gegenüber hege, noch weiter erhöhen.

Caro genero! Die Welt ist schlecht. Dein professore soll gut auf dich achtgeben.

Tuo suocero!

G.

Ich wollte dem Dozenten das Notebook zurückgeben, aber er ersuchte mich, zuvor noch einen Zusatz zu verfassen. Ich möge Mister Giordano mitteilen, daß er Dozent und kein Professor sei.

„Wie Sie wollen", sagte ich. „Es wird aber nichts nutzen."

„Wie meinen Sie das?"

„In den Augen meines Schwiegervaters sind Sie ein Professor. Und in meinen auch. Ich rate Ihnen, nehmen Sie die Beförderung an."

Der Dozent überlegte kurz und sagte dann: „Also gut, dann bin ich eben ein Professor. Aber ein außerordentlicher."

„Selbstverständlich. Sehen Sie, verehrter Dozent, Entschuldigung: Professor! Das schätze ich an Ihnen. Daß Sie jenseits eingefahrener Ordnungen operieren."

„War das jetzt ein Kompliment?"

„Das können Sie nehmen, wie Sie wollen."

„Sehen Sie, werter Groll, das ist es, was ich gar nicht an Ihnen schätze. Daß man nie weiß, woran bei man Ihnen ist."

Der Dozent verstaute das Notebook in Josefs Netz und bewegte sich vorsichtig aus der Kammer. Es dauerte nicht lange, und er glitt geräuschlos wieder in mein Versteck. Er legte den Zeigefinger auf den Mund und schob mich Zentimeter um Zentimeter Richtung Ausgang. Und schon sah ich, was dem Dozenten aufgefallen war. Der Indianer und der gedrungene Ami waren dabei, einen Handwagen den steilen Burghof herunterzubugsieren. Die Fracht des Wägelchens war mit einer

Plane abgedeckt. Die beiden steuerten auf direktem Weg unseren Materialaufzug an. Plötzlich war da das Geräusch von splitterndem Holz und auf felsigem Boden scharrendem Metall, gefolgt von einem lauten, frauenfeindlichen amerikanischen Fluch. Vorsichtig rollte ich ein kleines Stück vor und sah das Malheur. Der Handwagen war seitlich umgekippt. Zwei unbekleidete Puppen und einige Jacketts lagen auf dem Boden. Ein älteres Paar eilte herbei und half, das verstreute Gut wieder aufzuladen. Auch ein Packen Papier hatte sich auf dem staubigen Gelände selbständig gemacht, der Wind verteilte die Blätter. Immer mehr hilfsbereite Menschen waren fieberhaft damit beschäftigt, den Handwagen zu beladen. Währenddessen wieselte der kleinere Ami aufgeregt über den Hof und sammelte die Papiere ein. „Das Manifest!", preßte der Dozent zwischen den Zähnen hervor. Wir waren seitlich an der Gruppe hilfsbereiter Menschen vorbeigestürmt und nahmen die Steigung zum innersten Hof in Angriff. Die hatte es in sich. Felsschrunden und zerbrochene Pflastersteine machten das Vorwärtskommen zur Tortur. Der Dozent schob mit aller Kraft, ich mußte meinen Rollstuhl immer wieder vorn hochkippen, um über die giftigsten Bodenunebenheiten hinwegzuturnen. Josef ächzte und quietschte, ich bangte um seine Achsgelenke und um meine Handwurzeln und ich verspürte auf einmal drängenden Durst. Endlich erreichten wir eine flachere Stelle ohne steinerne Hindernisse. Wir hielten kurze Rast. Der Dozent schaute zurück. „Sie nehmen den Materiallift ins Nonntal", sagte er.

13. Kapitel

Hauptsponsoren, Möbeldiebe und das germanische Erbe.
Das „Lamprechtshausener Weihespiel" und die Werwölfe.
Der Tod eines irakischen Buben.
Schließlich: ein Gefecht in der Mönchsberggarage

Eine Viertelstunde später saßen wir im Gastgarten eines
Buffets oberhalb des Festspiel-Viertels. Der „Jedermann-
Platz", von dem aus der katholische Warnruf an die
sündige Menschheit ertönt, war einige Dutzend Meter
entfernt.

„Wußten Sie, daß der Ruf ursprünglich hier vom Gastgarten erscholl?", fragte der Dozent. Ohne meine Antwort abzuwarten, fuhr er fort: „Man mußte den Platz
dann wechseln, denn Salzburger Jungmänner machten
sich einen Spaß daraus, dem Ruf noch einige Worte
hinterherzuschicken, nach dem Motto: ,Laß mein Bier
in Ruh', du Hundling!', oder als gewitzte Geschäftsleute
dann Rufer mit einer weittragenden Stimme engagier-
ten, die ,Jedermann trägt Hemden nur von Modezar
Latour!' oder ,Gabler-Bräu trinkt jedermann, bis er
nicht mehr kann!' in die Tiefe schmetterten. Jedes Jahr
warteten die Festgäste auf den erweiterten Jedermann-
Ruf. Max Reinhardt verlegte daraufhin den Standplatz
des Rufers und ließ den Gastgarten für die Dauer der
Vorstellung polizeilich sperren. Eine Passauer Zeitung
zieh ihn deswegen der ,Jüdischen Volksfeindlichkeit'".

Wir bestellten Weißwurst und Brezn, kippten beides aber nach dem ersten Bissen in die Mülltonne, schütteten das schale Getränk, das entfernt an Bier erinnerte, weg und beglichen die Zeche. Sie war so überhöht, daß der Dozent den Kellner, einen Vertreter der einst stolzen jugoslawischen Nation, seinerseits um Trinkgeld anging. Der Mann verstand nicht, worauf der Dozent in Rage geriet und den Wirt verlangte. Der erschien auch bald, erklärte, er sei der Zahlkellner, und entpuppte sich als ein westpolnischer Kaschube, der perfekt Deutsch sprach. Um Eindruck zu schinden, presste ich meine rudimentären Polnisch-Kenntnisse aus. Allerdings verschärfte diese Anbiederung die Lage beträchtlich. Wäre ich nicht im Rollstuhl gesessen, hätten die beiden verdienstvollen Mitarbeiter der Gastronomie uns über die Brüstung in den Friedhof St. Peter geworfen.

Der Dozent schlug vor, allein eine Runde zu machen. Vielleicht würde sich irgendwo eine Tür zu einer Kaverne auftun oder zu verborgenen Räumen. Wenn er in einer halben Stunde nicht da sei, solle ich an der Bergstation der Standseilbahn Alarm schlagen. Ich lächelte ihn an.
„Kommt nicht in Frage, daß Sie Ihr Leben riskieren, und ich sitze hier wie ein Heimbewohner und starre auf die Stadt."
Neben einer Informationstafel befand sich eine Toiletteanlage. Das Behindertenklo war versperrt, man konnte es aber mit einem Euro-Schlüssel öffnen. Seit Jahren

trage ich dieses Utensil an meinem Schlüsselbund, es
hatte mir schon oft Zutritt verschafft, ohne bei Verkaufs-
kräften um den Schlüssel betteln zu müssen. Die Behindertentoilette war mit Gerümpel aller Art zugemüllt.
Erst wenn man die Hälfte des Krempels auf den
kleinen Hof vor der Toilette geworfen hätte, wäre eine
bestimmungsgemäße Nutzung möglich gewesen. Zwei
Türen gingen von dem Raum ab, eine davon war geöffnet. Wir kamen in einen Gang, der zu einem Weinkeller führte. Eine Etikettiermaschine und ein paar Stöße
von Weinetiketten erregten die Aufmerksamkeit des
Dozenten. Von dem Raum gingen zwei weitere Türen
ab, wiederum war eine geöffnet. Sie führte in eine
Kammer, die mit zwei Matratzen, einem Radio und
Decken ausstaffiert war. Wahrscheinlich eine Über-
nachtungsmöglichkeit für das Restaurantpersonal,
wenn es sich den umständlichen Weg in die Stadt
ersparen wollte. Der Schrägaufzug zum Domplatz
stellte seine Tätigkeit lange vor dem Geschäftsschluß
des Bierlokals ein. Wir fanden noch einige Räume –
Rumpelkammern, Depots für Klappsessel und Bänke,
ein verdrecktes Liebesnest und ein vorsintflutliches
Kontor mit Schreibmaschine, abgewetzten Bürosesseln
und einem Schreibtisch aus deutscher Eiche. In der
Ecke stand ein Kasten, dessen Tür ein paar Zentimeter
offen war. Der Dozent öffnete sie ganz, ein Stoß Zeit-
schriften kam ihm entgegen. NS-Broschüren, Haken-
kreuzfahnen, broschierte Bücher über den Frankreich-
feldzug, die Deutsche Marine und die SS-Division „Das

Reich" folgten. An der Innenseite der Tür war ein Bild des ernst blickenden Führers angenagelt. In einem anderen Raum befanden sich Reste einer Funkstation aus der Kriegszeit, in wieder anderen Zimmern stolperten wir über eine Tuba, zwei Mandolinen und etliche Trommeln eines Tambourzugs. Längst hatte ich den Überblick über die Zimmerfluchten und Kammern verloren. Der Dozent erkundete noch ein paar Stiegen, stieß aber überall auf verschlossene Türen. Ich fragte mich, ob wir den Rückweg finden würden.

Einige Zeit ging die Rückverfolgung unseres Weges gut, dann aber verloren wir die Orientierung und wurden in Bereiche abgelenkt, in denen wir zuvor nie waren. Verbissen probierten wir jede Möglichkeit aus, fanden aber den Ausweg nicht. Wir irrten in dem Labyrinth umher. Aus anfänglichem Ärger wurde bald eine lähmende Verzagtheit, in die sich in kürzer werdenden Abständen aufblitzende Angstschübe mischten. Sowohl Handy als auch die Internetverbindung des Notebooks versagten ihren Dienst. Im Falle einer Belagerung muß man in Festungen auf die ältesten und verläßlichsten Formen der Kommunikation zurückgreifen: geschwenkte Fahnen, Rauchzeichen, menschliche Botengänger, dachte ich. Als ich überlegte, den Dozenten mit dieser Erkenntnis aus seiner Lethargie zu locken, hörten wir plötzlich Küchenlärm. Auch vermeinte ich, den Geruch von altem Frittierfett wahrzunehmen. Wir pochten lange an eine verschlossene Tür, es dauerte, bis sie von einem Farbigen geöffnet wurde. Das Gesicht des verdutzten Mannes war schweißüberströmt. Wir taten so, als hätten wir uns mal eben auf dem Weg zur Toilette verlaufen, grüßten höflich und zogen durch die glühend heiße Küche in den Gastgarten.

Auf dem Weg zur Standseilbahn auf der Vorderseite des Festungsbergs mußten wir uns eingestehen, daß unsere Niederlage vollständig war. Wir hatten nicht den geringsten Hinweis auf verborgene Gemächer oder Säle gefunden, nicht einmal ein ordinäres Verlies war uns aufgefallen. Er sei hungrig wie ein Wolf, sagte der Dozent, bat aber sofort um Entschuldigung für den unpassenden Satz.

Das Funicular war für Josef ohne Probleme benutzbar. Ich äußerte mich lobend über die Barrierefreiheit. Die Mitarbeiterin der Stadtwerke nahm meine Äußerung mit einem erfreuten Lächeln zur Kenntnis. An der Talstation gebe es eine luxuriöse Behindertentoilette. Elfi hatte nicht übertrieben.

„Bevor Sie jetzt wieder in Jubelrufe ausbrechen, möchte ich Sie daran erinnern, daß die Tourismuswirtschaft nur die gesetzlich vorgeschriebenen Bestimmungen einhält. Nicht mehr und nicht weniger", sagte der Dozent.

„Das ist ja die Sensation!", erwiderte ich. „Der Normalfall schaut in unserem Land anders aus. Gesetze hin oder her."

„Aber im steilen Innenhof der Festung können Sie sich alleine nicht bewegen und die Aufstiegshilfen sind sowohl im Nonntal als auch hier nur unter Bewältigung einer dreißigprozentigen Steigung zu erreichen. Ich sehe da einigen Verbesserungsbedarf."

Da möge er nicht Unrecht haben, gab ich zu. Mögliche Lösungen gebe es aber nur wenige und sie seien allesamt kostspielig, man könne das den Festspielen, die ja ständig unter Geldmangel leiden, nicht zumuten.

„Das berühmteste und teuerste Kunstfestival der Welt könnte sich das sehr wohl leisten, die Liste der Festspielsponsoren spricht zumindest dafür", widersprach der Dozent. „Und vor kurzem ist noch der deutsch-schweizerische Reeder und Transportunternehmer Kühne als Hauptsponsor dazugekommen, der hat genügend Berufserfahrung im Transportbereich. Sie wissen, womit die Spedition und Reederei Kühne bekannt und reich geworden ist?"

Ich schüttelte den Kopf.

„Als die Deutschen 60.000 französische Juden in Sammellager steckten und per Bahn nach Auschwitz verschleppten, wo sie vergast wurden, bemächtigten die Nazi- und Wehrmachtführer sich der Wohnungseinrichtungen und Einrichtungsgegenstände der Beraubten. Die Spedition Kühne und Nagel, die auch jüdisches ‚Umzugsgut' aus den Häfen von Triest und Genua abholte, setzte für die Frankreich- und Belgien-Aktion 500 Frachtkähne und 700 Züge mit 27.000 Güterwaggons ein und verdiente sich eine goldene Nase dabei. Schon 1942 waren die Habseligkeiten von nach Auschwitz verschickten holländischen Juden von der Spedition Kühne verschifft worden. Herr Kühne zählt heute zu den fünf reichsten Deutschen und in der weltweiten Milliardärsliste rangiert er unter den ersten fünfundsiebzig. Alles seit Jahrzehnten bekannt, aber die Stiftung Kühne fand es nicht der Mühe wert, den organisierten Raubzug, von dem sie die Transportprovisionen bekam, von Historikern korrekt beforschen zu lassen. Wohl weil sonst auch noch in breiter Öffentlichkeit bekannt geworden wäre, daß ein einstiger jüdischer Hälfte-Eigentümer in der NS-Zeit zugunsten eines Nazi aus dem Betrieb gedrängt wurde."

„Ja, den Krieg gegen die Juden haben die Nazis gewonnen. Und der Sieg wirkt heute noch nach, er ermöglicht Kunst auf höchstem Niveau. Der Rausschmiß des Schweizer Kapitalismuskritikers Jean Ziegler war kein Zufall."

Der Dozent sinnierte ein paar Minuten. Dann hatte er eine Eingebung. „Wenn Herr Kühne aber nun eine perfekte Aufstiegshilfe zum Lift finanzieren würde …"

„Ja?"

„Würden Sie diese dann verwenden?"

„Natürlich. Aus welchen Gründen und durch wen das Richtige geschieht, ist nicht so wichtig …"

„Hauptsache, es geschieht", ergänzte der Dozent. „Ich kenne Ihren Spruch zur Genüge. Sie kommen dadurch aber in den Geruch des Opportunismus."

„Haben wir eine Alternative?", fragte ich zurück.

„Sie könnten die Benutzung einer neuen Hebeplattform verweigern", beharrte der Dozent. „Herr Kühne würde Ihnen seinen Respekt nicht versagen."

„Wissen Sie, was ich auf den Respekt dieses Herren gebe?"

Der Dozent schüttelte den Kopf. „Mit Prinzipienlosigkeit werden Sie nie zu einem Abbau von Barrieren kommen. Denken Sie an meine Worte."

„Lieber nicht, ich möchte mir mein sonniges Gemüt bewahren."

Wir rollten in den nächsten Waggon des Funiculars. Die Zeit bis zur Abfahrt verkürzte der Dozent, indem er mich in die Vorgeschichte der Salzburger Festspiele einweihte. Ab dem späten 19. Jahrhundert sei in den Salzburger Gauen der Blut-und-Boden-Dreck aus jeder Ritze gequollen, und in der größten Eisriesenhöhle im Werfener Tennengebirge habe man die Dome und Eishallen mit germanischen Götternamen versehen. „Die perfekte Inszenierung für die verrückte Welteislehre des alten Hörbiger."

„Ich kenne die Geschichte", erwiderte ich. „Rudolf Prack, der alte UFA-Schauspieler, hat sie mir erzählt. Ich lag damals monatelang im Orthopädischen Spital in Lainz und durfte dem großen Filmstar morgens immer die Socken anziehen. Dafür bedachte er mich mit Episoden aus seinem Filmleben. Eine davon war die Hörbiger-Geschichte – die Brüder kannte er ja gut."

„Der alte Hörbiger war ein Budapester Maschinenbauer und fanatischer Esoteriker, der glaubte, den Ursprung der arischen Rasse in einem eisbedeckten und lichtlosen Unort namens Niflheim entdeckt zu haben, der seit

Anbeginn der Zeit mit dem feuerspeienden Muspells-
heim im Krieg lebt. Nicht wenige Nazis glaubten an
diesen Mumpitz."

„Hitler hatte sich mit ähnlichem Blödsinn in seiner
Wiener Zeit befaßt, als er die Schriften des Frauenhassers
und Okkult-Priesters Lanz von Liebenfels studierte",
ergänzte ich. „Wirklich besessen von der Welteislehre
war Heinrich Himmler, Chef der SS. Er kannte das
Anfang der zwanziger Jahre erschienene Buch *Beasts,*
Men and God des polnisch-russischen Entdeckers
Ferdynand Ossendowski, der von einem ‚König der
Welt' berichtet, der in einer geheimen Stadt Agarthi
tief unter dem Himalaya wohnt und von dort aus in
telepathischem Kontakt mit den wichtigsten Persönlichkeiten steht."

Davon hätte ich noch nie gehört, sagte ich und wich im
letzten Moment einem riesigen Berner Sennenhund
aus, der sich den besten Sitzplatz in der Kabine sichern
wollte.

„Ist er nicht klug? Radames liebt die Eisenbahn!", sagte
ein kleiner keuchender Mann, der sich auf einen mit
Schnitzwerk verzierten Stock stützte. Der Hund hatte
vor mir Aufstellung genommen, sein wedelnder Schweif
massierte mein Gesicht.

„Und so süß", bekräftigte ich und wurde von einem
Niesanfall gebeutelt, der den Bär vor Schreck einen
Satz Richtung Aufzugsschacht machen ließ. Sein
Herrchen parierte den Ausritt mit erstaunlicher Ge-
wandtheit.

Der Dozent zwängte sich zwischen Radames und mich und fuhr fort: „Auf der Suche nach dem Ursprung der arischen Rasse im ewigen Eis finanzierte Himmler für das SS-Ahnenerbe Tibet-Expeditionen. Viele deutsche und österreichische Bergsteiger von Rang waren mit von der Partie, stellvertretend für viele nenne ich Heinrich Harrer, der sich nach dem Krieg nicht daran erinnern konnte, daß er sowohl bei SA und SS als auch bei der NSDAP Mitglied gewesen war. Reinhold Messner hat mit den braunen Brüdern auf den Berggipfeln in seinen Büchern aufgeräumt. Deswegen wurde er von den Bergnazis ja als Verräter angesehen. Auch von theosophischer Seite – den Waldorfschulen – erhielt der Mumpitz Unterstützung. Das letzte Ziel des Menschen müsse die ‚Selbstvergottung' sein. Die Menschheit durchlaufe sieben Wurzelrassen, wobei die Menschen der siebten Wurzelrasse zu Göttern werden, die den Planeten regieren. Was für ein Zufall, daß dies die arische Rasse sein sollte. In Tibet befinde sich auch das sagenhafte Shangri La, das Rückzugsgebiet der letzten reinen Arier. Schließlich kulminiert der Unsinn in der Annahme, Hitler habe nicht Selbstmord begangen, sondern sei in letzter Minute mit Eva Braun in ein tibetisches Kloster geflohen, um seine triumphale Rückkehr vorzubereiten."

„Horch gut zu, Radames, mein Augenstern! Da lernst du was fürs Leben!", sagte der Hundehalter und bedachte den Dozenten mit schwärmerischen Blicken. „Also ist die Hoffnung nicht verloren! Daß ich das noch erleben darf! Wo kann man das denn nachlesen, daß der Führer wiederkommt?"

Der Dozent ignorierte den Mann und fuhr fort: „Im Sommer 2020 kam ein irakischer Bub, der ein paar Jahre zuvor als Flüchtling nach Österreich gelangt war, vor dem Eingang zur Eisriesenwelt ums Leben, als ein Stein sich vom Fels löste und ihn am Kopf traf. Und das in einer wenige Meter langen Passage, die nicht durch Überkopfverbauten gesichert war. Bald hieß es, der Iraker sei den Zauberbuben zum Opfer gefallen. Die würden aus ihrem jahrhundertelangen Schlaf erwachen und sich an der Kirche und ihren Anhängern rächen."

„Und warum beginnen sie da mit einem irakischen Buben?"

„Freund Groll, das ist das Problem mit den großen historischen Entwürfen. Sie scheitern oft an Kleinigkeiten wie der Auswahl der Gegner."

„Radames, hör zu. So kluge Menschen!", schwärmte der Hundeführer. „Da warten wir gern auf die Jause, nicht wahr, du Lieber? Er küßte den Hund auf die Schnauze und brauchte sich dafür nicht zu bücken.

Angewidert wandte ich mich ab. Es sei verrückt, alles und jedes mit Mythen und Märchen in Verbindung zu bringen, bemerkte ich.

„Wer weiß, vielleicht haben die Zauberbuben sich auf die Seite der Nazis geschlagen?", sagte der Dozent. „Die waren ja auch erbitterte Feinde der Katholischen. Und gegen Werwölfe haben die Braunen nichts gehabt. Schauen Sie sich nur den Kulturkampf um die Festspiele nach 1933 an! Die Nazis waren beseelt davon, den katholischen *Jedermann* abzuschaffen und durch ein völkisches Weihespiel aus der Feder eines Salzburger Lehrers und Dichters, des SS-Hauptsturmführers Karl Springenschmid, zu ersetzen, der in einer Nachbargemeinde Salzburgs das *Lamprechtshausener Weihespiel* in einer Naturarena inszenierte. Es kam aber nur zu wenigen Aufführungen, das Weihespiel war ein kolossaler Reinfall."

Der Hundebesitzer versuchte, mit einer Hand ein Ohr seines Gefährten aufzustellen. Der Hund bestand die Geduldsprüfung mit Bravour.

„Sie können das Ende der NS-Zeit in Salzburg am besten in einem Roman nachlesen, der vor wenigen Jahren erschienen ist", sagte ich. „Er heißt *Edelweiß*. Und der Name des Autors ist ein Pseudonym. Der Name einer Stadt am Traunfluß unweit von Linz."

„Freistadt?"

„Wels", sagte ich. „In Freistadt gibt es keinen Fluß. Nur die Feldaist, ein besseres Rinnsal. Ihre flußkundlichen Kenntnisse, verehrter Freund, sind beklagenswert. Im Theresianum endete die Geographie wohl bei der Konditorei Demel."

„Sie irren, geschätzter Groll. Die Potamologie oder Flußkunde war und ist bei mir gut aufgehoben. Ich kenne sowohl die Lagune von Grado als auch jene von Venedig sowie jene von Marano. Alle werden sie von Flüssen gespeist. Natasone, Sile, Stella. Tizians Reichtum stammte im übrigen nur zum Teil von seiner Kunst, im Hauptberuf war er ein Holzhändler aus den

Dolomiten, der mit der Flößung von Baumstämmen für Venedig ein Vermögen ..."

Der Waggon setzte sich mit einem Ruck in Bewegung. Radames brach in ein klägliches Winseln aus und war trotz des heroischen Einsatzes seines Herrchens nicht zu beruhigen.

„Ich dachte, der Hund liebt die Eisenbahn?", schnauzte ich den Hundeführer an.

„Tut er auch", keuchte dieser. „Er fürchtet nicht die Fahrt, sondern deren Ende."

Mit letzter Kraft schafften wir die steile Abfahrt zum Domplatz. Von der Rüttlerei auf den Pflastersteinen brannten Hintern und Oberschenkel, die Hände, die Josef bremsen mußten, wurden immer länger und das Kreuz schickte Schmerzstöße durch die Nervenbahnen. Der Dozent plädierte für eine Pause, er wolle etwas in seinem Notebook überprüfen. Wir ließen uns auf einer Bank in der Nähe des Café Tomaselli nieder.

„Im Jahr 1975 eröffnete Bundespräsident Kirchschläger die Mönchsberg-Garage, die unter Ausnutzung alter Kavernen und Stollensysteme tief in den Mönchsberg geschlagen worden war", berichtete mein Begleiter nach ein paar Minuten. „Sie bildet ein Labyrinth von Sälen und Gängen, tief im Berg führen Aufzüge an die Oberwelt."

Keine zehn Pferde würden mich in das steinerne Verlies zurückführen, sagte ich. „Sie brauchen gar nicht erst darüber nachzudenken."

Wenig später stießen wir in das Innere des ausgedehnten Garagenkomplexes vor. Die Stellplätze waren nur schütter besetzt. Nach einer Weile – wir folgten den Tafeln Richtung Aufzug zur Edmundsburg – hörten wir Stimmen. Männer unterhielten sich auf Russisch. Wenig später hatten wir die Erklärung. Eine Handvoll Wagnerianer hatte sich vor dem Eingang zum Lift aufgestellt. „Stefan-Zweig-Zentrum" verkündete eine Tafel.

Die Wagnerianer wandten sich uns zu. Im selben Moment ging die Alarmanlage bei einem der Mercedes-Panzer los. Ein ohrenbetäubendes ab- und anschwellendes Pfeifen zog durch die Parksäle.

An Flucht war nicht zu denken. Außerdem wäre eine Flucht einer Art Schuldeingeständnis gleichgekommen. Wir würden uns große Schwierigkeiten einhandeln.

Ich entschloß mich daher, zum Mittel einer paradoxen Intervention zu greifen. Vom Dozenten geschoben, steuerten wir zielstrebig den Lift an. Die Wagnerianer waren sofort im Alarmmodus, wieder trugen sie ihre automatischen Waffen offen. Schlagartig endete das Sirenengeheul.

„Gut, daß Sie auf uns warten", sagte ich erfreut und so bestimmt, daß eine Widerrede auszuschließen sein sollte. „Wir kommen direkt aus Berlin zum Stefan-Zweig-Zentrum. Das Symposion beginnt in einer halben Stunde und ich soll den Eröffnungsvortrag halten. Thema ‚Stefan Zweig und der brasilianische Fußball', einer meiner besten." Mit diesen Worten wandte ich mich an einen Uniformierten, der ein paar Schritte entfernt stand und mir am intelligentesten erschien. Ich reichte ihm mit den Worten „Ich freue mich sehr über Ihre Unterstützung. Danke, daß Sie auf uns gewartet haben. Wir sind spät dran, ich weiß. Eine Polizeisperre auf dem Flughafenzubringer hat uns aufgehalten", die Hand. Der Angesprochene machte eine Miene, als hätte man ihn bei einer peinlichen Insubordination ertappt. Warum er mit uns Kontakt stand, das sollte er seinen Kollegen später erklären. Zwei Wagnerianer hatten ihre Handys gezogen und wischten wie verrückt darauf herum, zwei andere blockierten den Weg zum Lift. Die Läufe ihrer Waffen zielten auf den Dozenten und mich.

Plötzlich stürzte ein Wagnerianer auf seine Kollegen zu. Aus einer tiefen Wunde am Hals pumpte in großen Bögen dunkles Blut. Die Augen des Mannes waren weit aufgerissen. Er versuchte zu sprechen, brachte aber nur ein Gurgeln zustande und der Blutschwall verdoppelte sich. Ein Kollege riß ihn zu Boden und preßte seine Hand auf die Wunde. Schon war ein heiseres Knurren zu hören, zwei Wölfe stürzten sich auf die beiden Liegenden. Die Uniformierten mit der Maschinenpistole entsicherten ihre Waffen und begannen zu schießen. Der Wagnerianer, den ich angesprochen hatte, löste eine Handgranate aus seinem Waffengürtel.

Ich riß den Rollstuhl herum, der Dozent folgte der Bewegung, und schon hasteten wir Richtung Ausgang. Plötzlich steuerte der Dozent uns hinter die Säule einer

Parkbucht. Mehrere Tiere hetzten in hohem Tempo in den Geschosshagel hinein. Außer Atem rannten wir in das helle Fenster der Garageneinfahrt. Das Belfern der automatischen Waffen wurde stärker. Es hörte auch nicht auf, als die Garage von einer ohrenbetäubenden Detonation erschüttert wurde.

Es gelang uns, der Gefahrenzone unversehrt zu entrinnen. Aus der Garage drang Rauch und der Lärm von Sirenen. Über die Hofstallgasse und den Universitätsplatz flüchteten wir in die Getreidegasse.

14. Kapitel

Rennbuben, Autos der Sonderklasse und der Reifenabrieb.
Albert Camus' Unfall und Senta Bergers Festspielparfüm.
Ottavio Unschlichts großer Auftritt

Gern hätte ich eine Ruhestunde in meinem Hotel
eingelegt. Aber ich hegte die Befürchtung, daß es mit
der Ruhe nichts werden würde. Irgendeinen Vorwand
würde Goldrun schon finden, um bei mir aufzukreu-
zen. Die Flucht aus der Garage hatte in Josefs Netz
für Unordnung gesorgt. Man hörte Glas auf Metall
schlagen. Ich versenkte eine Hand im Netz und zog sie
wieder hervor.

„Was hat es mit dem Flacon auf sich?", fragte der
Dozent. Ich öffnete das Fläschchen und reichte es ihm.
Er schüttelte sich wie ein junger Hund nach einem
Vollbad. „Den Geruch impertinent zu nennen, wäre
eine Übertreibung", sagte er, als wir die Freilicht-
Tribüne passierten.

„Es stammt von Elfi. Sie verwaltet einen kleinen Vorrat
für Schauspielerinnen und Sängerinnen. Wer dieses
Parfüm verwendet, gibt damit zu verstehen, daß sie
nicht dazu bereit ist, Besetzungsgespräche auf der
Couch zu beenden. Es war die Geheimwaffe von Senta
Berger. Immer wenn sie in Hollywood von einem Pro-
duzenten, der ihr nicht zu Gesicht stand, eingeladen

wurde, legte sie es vorher an. *An industrious woman,* wie die Amerikaner zu sagen pflegen. Eine gewitzte Frau."

„Bewundernswert", sagte ich. „Was zählen da schon ein paar verpasste Oscars."

„Sie sind ein frauenfeindlicher Reaktionär. In den USA säßen Sie längst hinter Gittern."

„Aber Sie würden mich besuchen!"

„Welcher Kriminalsoziologe läßt sich schon einen Besuch in einem amerikanischen Gefängnis entgehen", sagte der Dozent. „Aber warum tragen *Sie* das Fläschchen mit? Haben Sie vor, den *Jedermann* zu übernehmen?"

„Da käme wohl eher der Tod in Frage, meinen Sie? Vielleicht hat es diese Geschmacklosigkeit ja bereits gegeben – den Tod im Rollstuhl."

Der Dozent hob erschrocken die Hände.

Nach dem Schock in der Mönchsberggarage herrschte zwischen uns unausgesprochen Einigkeit darüber, daß wir so tun sollten, als ginge das Leben einfach weiter. Irgendwann würde unsere Psyche von dem Geschehenen schon eingeholt werden.

Bis zum Treffen mit Herrn Kálmán vor der Andräkirche war noch reichlich Zeit. Vor dem Café Bazar mußten wir ein paar Minuten warten, weil eine Gruppe von Leichtathleten in federnden Schritten an uns vorüberlief. Seltsam, dachte ich. Da taucht die halbe Altstadt ins Chaos, während andere ihren sportlichen Neigungen nachgehen. Aber dann mußte ich mir eingestehen, daß es verschiedene Formen des Verdrängens geben kann und alle haben sie ihre Berechtigung.

„Trainingsjacke ausziehen!", rief ich einem blond gelockten Athleten nach. Der drehte sich verdattert um, folgte aber der Aufforderung. „Wegschmeißen!", rief ich noch lauter. Der Junge erschrak und warf das Kleidungsstück weit von sich. Der Dozent schaute mich streng an und wollte mich belehren, ich aber sagte nur: „Ich habe dem hoffnungsvollen Läufer eben das Leben gerettet. Soweit ich das richtig verstehe, befinden sich jeder Mann und jede Frau, sobald sie uniformähnliche Kleidung tragen, in akuter Lebensgefahr. Der Haß der Wölfe konzentriert sich auf kirchliche Würdenträger und Sicherheitsleute in Uniform, das steht fest. Außerdem läuft der Bub technisch falsch. Mit dreißig sind seine Hüften kaputt."

Woher ich beim Laufsport Bescheid wisse, fragte der Dozent im Weitergehen. Ich sei nicht immer im Rollstuhl gesessen und schuld sei meine Zeit beim Film, erwiderte ich. Ich hätte als ortskundiger Helfer für eine Filmcrew gearbeitet, die einen Spionagefilm auf der Festung Hohenwerfen drehte. *Agenten sterben einsam*, das Drehbuch stammte von Alistair MacLean. In den Hauptrollen Richard Burton und der junge Clint Eastwood. Elizabeth Taylor war damals noch in Burton verliebt, sie übernachtete im Hotel Eisriesenwelt bei den alten Obauers. Ich lief ständig zwischen Festung und Markt hin und her, holte Verpflegung und lotste Filmleute durch die verschneiten Wälder."

„Aber – als Bub, wie konnten Sie sich da verständigen?", wollte der Dozent wissen.

„Ach, da waren viele, die ein bißchen Deutsch sprachen, unter ihnen ehemalige Befreiungssoldaten. Und ein paar Brocken Amerikanisch schnappt man in dem Alter im Vorüberlaufen auf."

„Laufen?"

„Ich bin damals ausnahmslos gelaufen. Im Markt sagten die Leute nur ‚Da kommt der Rennbub. Der hat narrische Schwammerl gefressen.' Und jeden Tag hab ich neben der üblichen Rennerei in den Markt, um etwas für die Filmleute oder die Großmutter zu holen, noch einen längeren Lauf absolviert, entweder in die Höll oder an der Salzach oder neben der Bundesstraße. Die war ja im Sommer 1968 immer gesteckt voll, und da ich mich damals auch schon sehr für Autos aus aller Herren Länder interessiert habe … Ich hab den Dieselgeruch der schweren Transit-LKW gemocht, was heißt gemocht, ich war richtiggehend süchtig danach."

„Statt in der Salzburger Natur, sind Sie im Gestank der Südfrüchte-LKW aus Griechenland und der Türkei …"

„Was heißt da Gestank!", unterbrach ich ihn. „Die dicken Brummer verströmten ein hinreißendes Odeur. Das habe ich in tiefen Zügen inhaliert. Wer einem Übermaß an Natur ausgesetzt ist, den zieht es zur industriellen Zivilisation, den zieht es in die Welt hinaus."

„Und manchmal haben Sie einen Rückfall?"

„Eine Reminiszenz an eine Kindheit voller Düfte, ja."

„Und die modernen Diesel?"

„Ein Niedergang. Sie riechen anders. Was heißt anders? Sie sind geruchlos. Das kommt von den charakterlosen Flüstermotoren mit ihren Transformatoren – kein Vergleich mit den Lastern der siebziger Jahre, den Gerüchen der Kindheit."

„Sie meinen Katalysatoren."

„Die reine Energieverschwendung. Wissen Sie, wie ungesund die Katalysatorherstellung ist? Als würde man Windräder mit Atomkraft betreiben!"

„Diese grüne Seite an Ihnen ist mir bis jetzt entgangen."

„Man hat mir schon viel Übles nachgesagt. Daß ich ein Grüner bin, war noch nicht darunter."

„Da fällt mir ein! Sie lieben ja auch den Gestank uralter rumänischer Schiffsdiesel auf der Donau!", rief der Dozent.

„Schwimmende Oasen!"

„Ihre Verbohrtheit zeugt von einer ökologischen Ignoranz der Sonderklasse."

Mit diesen Worten wandte der Dozent sich ab und schlug den Weg in Richtung Salzach ein. Ich folgte ihm auf dem Fuß.

„In den fünfziger Jahren gab es die Automarke DKW, eine Vorläuferin von Audi. Und die bauten einen barock gestylten DKW Sonderklasse, einen Dreizylinder-Zweitakter! Null Komma Neun Liter Hubraum, 44 PS, 900 Kilo", rief ich meinem Freund zu. „Im übrigen ist der Reifenabrieb für neunzig Prozent aller Luftschadstoffe verantwortlich, und weil ein LKW mit Anhänger acht Reifen hat, können Sie die Zahlen mit dem Faktor zehn multiplizieren. In Hallein wurde damals jedes zweite Kind mit einer Raucherlunge geboren. Und das ohne jemals geraucht zu haben! Alles ein Werk des Reifenabriebs."

Es tat gut, die erschütterten Nerven durch kleine Erzählungen abzulenken und zu beruhigen. Immerhin konstituieren die Geschichten ebenfalls eine Art von Wirklichkeit, eine weniger blutige. Das Bild vom Ertrinkenden, der sich am eigenen Schopf aus den Fluten zieht, ist keine Schimäre.

„Wahrscheinlich übertreiben Sie wieder einmal maßlos. Aber ich höre weiter zu", sagte der Dozent. Auch er schien froh, abgelenkt zu werden. Außerdem war seine Neugier leicht erregbar.

„Alle 12.000 Kilometer fährt ein Fahrzeug mehr als ein Kilogramm Gummi ab", sagte ich. „Da spreche ich nur von PKW! Ein Kilo Gummi in Mikropartikeln, die als Feinstaub die Lungenbläschen zerstören. Die Hälfte aller Menschen in den Industriestaaten stirbt am Feinstaub, und da kommen Sie mir mit Argumenten gegen den Diesel! Alles Propaganda der Erdölkonzerne und der Reifenhersteller!"

„Aber die elektrisch betriebenen …"

„Ich weise darauf hin, daß ich bis jetzt noch nicht über Zwillingsreifen gesprochen habe", unterbrach ich ihn scharf.

„Was also soll Ihrer Meinung nach die Menschheit machen, wenn sie die Feinstaubbelastung einschneidend verringern will?", fragte der Dozent mit einem ratlosen Lächeln.

„Die Antwort liegt auf der Hand: Die Autos stehen lassen. Und wenn das Fahren unumgänglich ist, Autos betreiben, die unter tausend Kilo schwer sind, mit Motoren, die maximal fünfzig PS leisten. Und schon sind die Halleiner Kinder wieder quietschfidel."

„Die alten LKW waren krebserregend, todbringend, Umweltbomben!", nahm der Dozent einen letzten Anlauf.

„In den siebziger Jahren gab es keine Umwelt. Nur Benzin und Diesel und Extrawurstsemmeln. Eine glückliche Zeit."

In der Stadt waren jetzt kaum Zivilisten zu sehen. Trupps von Uniformierten durchkämmten Straßen und Gassen. An Verkehrsknotenpunkten waren Schützenpanzer aufgefahren. Hubschrauber kreisten über der Salzach. Drei Stunden später sollten wir bei Mozarts Remedy erfahren, daß einige Polizisten und Soldaten von den Wölfen attackiert worden waren. Etliche Tiere waren erschossen worden. Einige Uniformierte wurden schwer verletzt ins Krankenhaus eingeliefert. Ein unglücklicher Polizist wurde von einem Projektil, das von einem Kollegen im Kampf gegen die Wölfe abgefeuert wurde, in den Kopf getroffen. Er verstarb wenig später im Spital.

Der Dozent gewährte mir in seinem Hotelzimmer Asyl. Kurz nach 20 Uhr erwachte ich auf der harten Sitzbank. Ich fühlte mich erquickt und mein Kreuz war wieder schmerzfrei. Der Dozent saß am Schreibtisch und plagte sich durch das Internet.

„Soll ich uns ein Sandwich kommen lassen?", fragte er.

„Nicht nötig. Wir haben ja einen Termin mit Herrn Kálmán bei Mozarts Remedy. Da gibt es Würste ohne Ende."

„Eine doppelbödige Bemerkung", sagte der Dozent und versuchte ein Grinsen.

Draußen regnete es. Kein Salzburger Schnürl, sondern ein ordinärer Landregen. Wir borgten uns in der Rezeption einen Schirm und machten uns gegen Wind und Wetter auf zum Mirabellplatz. Der Dozent hielt den Schirm über mich, während ich Josef durch Regen und Wind vorwärts trieb.

Endlich kam unser Schubverband auf dem nahezu leeren Platz an. In einer Ecke drückten sich zwei Wagnerianer herum, sie studierten die Inschrift auf einer Gedenktafel, der zufolge im Turnsaal der Andräschule Albert Einstein am 21. September 1909 vor der Gesellschaft deutscher Naturforscher und Ärzte das erste Mal seine spezielle Relativitätstheorie öffentlich vorgetragen habe. Die Physiker-Elite, unter ihnen Max Planck und Lise Meitner und vier spätere Nobelpreisträger, habe sich skeptisch gezeigt. Ich hätte diese Tafel als Jugendlicher öfters aufgesucht, wenn meine schulischen Leistungen in Mathematik besonders mangelhaft waren. Und jedes Mal sei ich erhobenen Hauptes weggegangen, erklärte ich dem Dozenten.

Seltsamerweise war in der Nähe der Wagnerianer kein schwarzer Geländewagen zu sehen. Die Herrschaften trugen auch keine Maschinenpistolen. Vor dem Eingang zum Mirabellgarten parkten drei Polizeiautos mit eingeschaltetem Blaulicht, ein knappes Dutzend Polizisten stand gelangweilt herum.

Herr Kálmán wartete beim Wursttempel. Ottavio Unschlicht stand hinter der Grillplatte. Er tippte zwei Finger zum Gruß an die Schläfe. Die blonde Amerikanerin und der Indianer nuckelten mit Strohhalmen an ihren Dosenbieren.

Ich konnte nicht glauben, daß der armselige Heilige vor mir das zweite Gesicht hatte. Das Telefonat mit Freund Toni schien mir wie aus einem Fiebertraum zu stammen. Wo der Kollege aus der Steiermark geblieben sei, fragte ich Unschlicht gradeheraus.

„Der Unglücksrabe war in einer Livree erschienen, er wollte uns überraschen", antwortete er und fügte hinzu: „Die Livree war sein Tod. Die Überraschung ist ihm gelungen."

„Die Wölfe haben ihn …?" Der Dozent war entsetzt.

„Man soll Routinen nicht ändern", versetzte Unschlicht lakonisch.

„Hat eigentlich jemand einen Überblick, für wie viele Tote die Wölfe verantwortlich sind?", fragte ich weiter.

„Es werden um die zwanzig sein", sagte Unschlicht sachlich.

„Sie wirken nicht sehr betroffen", warf der Dozent ein.

„Ich erlaube mir den Luxus, nicht zu heucheln", versetzte Unschlicht.

Wie es ihm bei seiner Suche ergangen sei, fragte ich Herrn Kálmán. Er habe eine Flucht von Sälen in der Edmundsburg aufsuchen wollen, sagte er. Aber der Zugang sei nach einer Schießerei gesperrt gewesen. Eine Polizistin habe ihn gewarnt, den Friedhof St. Peter aufzusuchen, auch dort sei ein Wolfsrudel gesehen worden. Daraufhin hielt er es für klüger, in sein Quartier in Madames Hotel zu wechseln. Ich glaubte ihm kein Wort. Daß Herr Kálmán, der sich für seine Chefin in Stücke reißen lassen würde, sich in das Hotelzimmer zum fröhlichen Müßiggang zurückzieht, kam mir so unwahrscheinlich vor wie die Verkündigung eines Hochzeitstermins durch den Dozenten.

„Ich habe erfahren, daß man einen Wolfsforscher zu Rate ziehen will. Er betreibt ein Wolfsforschungszentrum im Weinviertel", fügte er hinzu.

„Ich habe von ihm gehört. Ein guter Mann", sagte ich. „Ich hege aber starke Zweifel, daß sein Rat angenommen wird."

„Was befürchten Sie? Daß man ihm zuvorkommt und die Wölfe erschießt?", erkundigte sich Unschlicht von seiner Wurstkanzel herab. Seine Hände zitterten und seine Stimme war brüchig.

„Ich weiß es nicht. Vielleicht will man sie auch mit hochfrequenten Tönen bestrahlen und wahnsinnig machen. Oder man legt Gift aus. Oder alles zusammen. Hat der Mann zugesagt?"

„Keine Ahnung", sagte Herr Kálmán. „Man weiß nur, daß er in Seattle ist. Bei einem Wolfsforscherkongreß. Auch wenn er der Bitte nachkommt, vor übermorgen ist er nicht hier."

„Übermorgen ist das alte Salzburg Geschichte", sagte der Dozent düster. Hinter dem Mozarteum stieg auf Höhe der Linzergasse eine Rauchsäule auf. Alarmsirenen ertönten, bald darauf auch Folgetonhörner von Einsatzfahrzeugen.

Ich fragte mich, ob es wirklich klug sei, den Wolfsforscher einzuschalten. Der Mann war zwar eine Leuchte seines Fachs und leistete seit vielen Jahren schießwütigen Jägern heroischen Widerstand, die der Ansicht sind, Wölfe gehörten nach Sibirien, aber nicht ins Fremdenverkehrsland Österreich. Wildgewordene Mountainbiker würden dem Wald weitaus mehr Schaden zufügen als ein paar Wolfsrudel, argumentierte der Wolfsforscher. Angesichts des Scheibenschießens auf die Salzburger Wölfe aber auch angesichts der unerhörten Aggressivität der Tiere schienen mir keine einfachen Antworten möglich. Eine Seite mußte der Wissenschaftler verprellen – die Wolfsschützer oder die Festspiele. Auch war es nicht unwahrscheinlich, daß er von den Salzburger Zauberbuben und ihrem Fluch Kenntnis hatte. In diesem Fall würde er sich möglicherweise selbst in Lebensgefahr begeben.

Irgendwann kam in der tristen Stimmung, die sich immer mehr ausbreitete, die Rede auf Albert Camus, den Unschlicht als großen und wichtigen Kopf bezeichnete. Die Amis merkten auf. Als sich dann ein Konflikt zwischen Unschlicht und mir entspann, weil Unschlicht behauptete, Camus sei 1963 in einem Ferrari tödlich verunglückt, ich mir aber sicher war, daß es in einem Facel Vega gewesen sei, wogte die Debatte einige Zeit fruchtlos hin und her, bis der Dozent, der sein Notebook konsultierte, für Klarheit sorgte: „Am Nachmittag des 4. Jänner 1960 verunglückte Albert Camus in der Ortschaft Villeblevin am linken Ufer der Yonne knappe zwei Autostunden von Paris entfernt auf der Route Nationale 5 tödlich. Der Fahrer, ein Neffe von Camus' Verleger, war mit seinem Facel Vega mit weit überhöhter Geschwindigkeit unterwegs. Camus kam von Lourmarin, einem kleinen Dorf unweit von Aix en Provence, wo er mit seiner Frau ein altes Steinhaus bewohnte."

Als der Dozent fortfuhr und über Camus' politische Ideen berichtete, wurden die Amerikaner hellwach und hörten atemlos zu. Der Dozent bemühte sich, seinem Oxford-Englisch einen amerikanischen Drall zu geben, wodurch seine Rede eine drollige Facette erhielt.

„Camus war ein entschiedener Gegner des Stalinismus", führte er aus. „Er war aber auch kein Parteigänger der parlamentarischen Demokratie. Vielmehr vertrat er einen Anarchosyndikalismus, bei dem die Produktionsmittel in den Händen der Gewerkschaften liegen."

Die Amis tauschten vielsagende Blicke, Unschlicht warf sich in die Brust.

Der Dozent, erfreut über die wachsende Aufmerksamkeit, fuhr fort: „Bereits 1944 wünschte Camus sich eine ‚internationalistische Ökonomie‘, in der die Rohstoffe verstaatlicht werden, der Handel kooperativ organisiert ist und die Absatzmärkte allen zugänglich gemacht werden.“

Die Amerikaner zeigten sich über die Maßen erfreut.

„Wenig später forderte er die ‚Vereinigten Staaten der Welt‘, die ‚Abschaffung der Lohnarbeit‘ und die ‚Beteiligung der Gewerkschaften an der Verwaltung des Volkseinkommens‘. Seine Sympathien gälten einem anarchistisch-libertären Syndikalismus.“

Mein Dozent, der Millionenerbe, schaute triumphierend in die Runde. Die Blonde mit der Kurzhaarfrisur streckte die Faust in die Höhe, der Indianer grinste.

„Trotz eines fünfzigprozentigen Ausfalls der Truppe haben sie ihren Kampfesmut nicht verloren“, flüsterte ich dem Dozenten zu.

„Bei ideologisch verbohrten Menschen ist dieses Phänomen häufig zu beobachten“, erwiderte er. „Die politische Psychologie warnt ausdrücklich davor, den Todestrieb zu unterschätzen.“

„Amen!“, sagte ich.

Auf einmal deutete Herr Kálmán Richtung Schloß Mirabell. Einige Wölfe rannten in gestrecktem Galopp auf der Rainerstraße und bogen dann in den Kurpark ein. Ein Tier hielt kurz inne und blickte in unsere Richtung. Dann stürmte es den anderen hinterdrein.

„Wohin wollen die?", fragte der Dozent erschrocken. „Doch nicht ins Paracelsus Bad?"

„Auf jeden Fall nicht zu Mozarts Zauberflötenhäuschen im Bastiongarten", ließ sich Ottavio Unschlicht vernehmen.

Auf der Rainerstraße folgten drei Polizeifahrzeuge, das Blaulicht war eingeschaltet. Sie parkten neben dem Mahnmal für die hunderten Euthanasieopfer der NS-Zeit auf der Wiese. Die Besatzungen stürmten mit gezogenen Waffen in den Kurpark.

„Ein riskantes Unterfangen", sagte Unschlicht lakonisch. „Noch dazu jetzt in der Dämmerung."

„Selbstmörderisch", sagte ich. „Man sollte die Behörden informieren, daß die Wölfe auf Uniformträger aus sind."

„Man sollte sich da raushalten ", erwiderte Unschlicht scharf. „Es geschieht, was geschehen muß!"

„Wie meinen Sie das?", ereiferte sich da der Dozent. „Sie tun ja grade so, als wären Sie mit den Bestien im Bunde!"

„Wer hier die Bestien sind, ist offen", sagte Unschlicht trocken und schwieg.

„Die Behörden sollten in Zivil ermitteln", beharrte der Dozent.

Der Wurstmeister säuberte die Theke und räumte das Bratgut vom Herd.

Ob er schon Sperrstunde mache, erkundigte sich der verblüffte Dozent. Es handle sich um einen Notfall, da ist früher Sperrstunde, erwiderte der Rhetor.

„Was für ein Notfall? Meinen Sie, daß die Wölfe auf eine Wurst vorbeikommen?", gab der Dozent nicht nach. Ich zog ihn am Ärmel, er solle endlich Ruhe geben.

„Sie!", rief Unschlicht da außer sich. „Sie sind der Notfall! Machen Sie, daß Sie weiterkommen, alle! Auch you, my friends! Go home, kill the president, das könnt ihr ja gut", rief er den Amerikanern zu. „The bill is on me! Die Konsumation zahle ich. Verkriecht euch in den Häusern, heute ist die Nacht der Nächte!" Er begann zu singen: *Der Hölle Rache kocht in meinem Herzen. Tod und Verzweiflung flammet um mich her! Verstoßen sei auf ewig, verlassen sei auf ewig. Zertrümmert sei'n auf ewig alle Bande der Natur. Wenn nicht durch dich Sarastro wird erblassen! Hört, Rachegötter, hört der Mutter Schwur!"*

Wir flüchteten auf der Stelle, hinter uns der tobende und singende Ottavio Unschlicht, der uns Würste hinterherwarf. Er hatte eine gute Stimme. Das Lied sang er nicht zum ersten Mal.

15. Kapitel

Die Vorzüge der Geschwisterliebe.
Mister Giordano ist kein Wolf, wohl aber ein alter Fuchs

Bevor wir auseinandergingen, vereinbarten der Dozent, Herr Kálmán und ich morgen früh um 8 Uhr ein Wiedersehen in meinem Zimmer im Mohren. Ich wollte einen weiteren Versuch starten, Madame zu finden. Zu diesem Zweck sollten wir uns an den Geländewagen orientieren. Ich war zuversichtlich, daß sie uns ans Ziel führen würden. Die Rohstoffleute hatten sicher den dringenden Wunsch, das in Aufruhr befindliche Salzburg möglichst schnell zu verlassen. Ein Versteck in Flughafennähe oder direkt am Flughafen war daher wahrscheinlich.

Der Regen prasselte auf den dunklen Asphalt. In Teilen der Stadt war die Straßenbeleuchtung ausgefallen. Gottseidank funktionierte der Lift in das oberste Stockwerk des Mohren. Als ich mich der Zimmertür näherte, wobei Josefs nasse Reifen auf dem Kunststoffboden quietschten, sah ich einen Lichtschein unter der Tür. Ich fingerte im Rollstuhlnetz nach meinen Medikamenten, sie waren noch da. Entschlossen drückte ich die Klinke nieder.

Elfi und Goldrun saßen auf dem Bett und taten sich an Käsebroten und Weißwein gütlich. Elfis Krücken lehnten am Fensterbrett. Die Schwestern grüßten mit großer Selbstverständlichkeit und luden mich ein, in ihrem

Bunde der Dritte zu sein. Ich nahm die Einladung an, es blieb mir ja nichts anderes übrig. Die Einladung erstreckte sich nicht nur auf einen nächtlichen Imbiß. Bald lagen wir drei halbnackt im Bett. Gesprochen wurde nur in knappen Kommentaren oder Anweisungen, wenn eine Ortsveränderung unumgänglich war oder ein Knie allzu sehr in ein Gesicht drückte. Das Bett quietschte bei der kleinsten Bewegung. Manchmal meinte ich, das Geknatter von automatischen Waffen zu hören. Da ging schlagartig die Beleuchtung am Rudolfskai an, im Halbschatten sah ich Elfi mit dem Gesicht zur Wand liegen, während Goldrun einen aussichtslosen Kampf gegen ihre verheddere Unterwäsche führte. Als wir uns endlich soweit sortiert hatten, daß an ein unbeschwertes Vögeln zu denken war, tasteten Suchscheinwerfer das gegenüberliegende Salzachufer ab. Die Jagd nach den Wölfen war in vollem Gang. Auch in unserem Bett nahmen die Dinge den beengten Verhältnissen zum Trotz ihren Lauf. Nach einiger Zeit wurde Elfis Stöhnen immer lauter. Ich machte meine Fertigkeiten als Liebhaber dafür verantwortlich und steigerte meine Bemühungen. Elfi reagierte darauf mit spitzen Schreien. Plötzlich drückte Goldrun meine Hand, die sich auf Elfis Geschlecht bewegte, zur Seite. „Es ist ihre Hüfte. Meine Schwester stöhnt vor Schmerzen", sagte sie. „Komm lieber zu mir." – „Das tät' dir so passen, seine Hand bleibt, wo sie ist", konterte Elfi und presste meine Hand wieder auf ihren Schoß. So ging das noch einige Male hin und her. Irgendwie haben wir dann doch Platz für unsere nicht besonders zarten Körper gefunden. Das Bett quietschte erbärmlich, aber wir ließen uns nicht beirren und gehorchten den Vorgaben unserer limbischen Systeme.

Am nächsten Morgen wachten wir gegen 7 Uhr auf. Es regnete nach wie vor, aber jetzt war es ein Salzburger Schnürlregen. Erstaunlicherweise hatte ich sehr gut geschlafen und auch die beiden Schwestern machten keinen schlechten Eindruck. Als Goldrun zu einer neuerlichen Runde ansetzen wollte, rappelte Elfi sich hoch und warf ihre Schwester mit einer herrischen Geste aus dem Bett. Goldrun fügte sich ohne zu protestieren. Wie ein Schippel Kinder, das in einem Ehebett übernachtet, dachte ich. Geschwisterliebe ist doch etwas Schönes.

Um 8 Uhr morgens traf der Dozent bei mir ein. Herr Kálmán ließ auf sich warten, was mich verunsicherte, war er doch sonst für seine Pünktlichkeit bekannt.
Wir warteten noch eine halbe Stunde. Es konnte doch nicht sein, daß auch Herr Kálmán entführt worden war! Wir beratschlagten, was zu tun sei. Er würde den Fall Mister Giordano vortragen, sagte der Dozent, ein Blick von außen und das von einem erfahrenen Mann, könne Wunder wirken.
Also setzte ich mich hinter das Notebook meines Freundes. Rasch hatte ich die Lage skizziert, und wie immer, wenn man gezwungen ist, einen Sachverhalt zu verschriftlichen, entdeckt man Zusammenhänge, die man zuvor übersehen hat. So wuchs während des Schreibens

die Erkenntnis, daß die Gruppe, die sich großspurig *Deep Green Resistance* nannte, sich aber in Wirklichkeit einer rückwärtsgewandten Naturromantik und keiner gesellschaftlichen Umwälzung verschrieben hatte, nur eine begrenzte Agenda verfolgte und durch das Auslegen von Puppen und ein paar hundert Exemplaren ihres Manifests die internationale Aufmerksamkeit der Festspiele für ihre Zurück-zur-Natur-Kampagne nutzen wollte. Die war auch gut angelaufen, Festspielleitung und Stadt waren ratlos. Achtundvierzig Stunden lang sprach die Welt über die „Salzburger Puppenspiele".

Dann aber geschah etwas, womit niemand rechnen konnte. Eine zweite, tief in die Geschichte reichende Erzählung legte sich über das Narrativ der radikalen Ökologen. Mehrere von Fürsterzbischöfen veranlaßte Massaker an Protestanten, Frauen und Kindern im Rahmen der Hexen- und Zauberbubenverfolgungen des späten 17. Jahrhunderts, die man längst vergessen wähnte, tauchten plötzlich wieder auf. Die einstigen Opfer beharrten darauf, das ihnen geraubte Leben zumindest für einige Stunden der Rache an den Nachfolgern der Mörder zurückzuerlangen. Plötzlich erschienen die Ökos als skurrile Träumer, die auch nicht davor gefeit waren, den Rächern aus den Nebeln der Geschichte zum Opfer zu fallen. Die wirkliche Bedrohung für die kunstsinnige Salzburger Luxuswelt ging von den vierbeinigen Wiedergängern aus.

Die internationale Elite der Rohstoffmagnaten organisierte mit den Wagnerianern einen eigenen Sicherheitsdienst, aber der hatte unter den Wolfsbuben am meisten zu leiden. Die Aufenthaltsorte der Milliardäre blieben im Dunkeln.

Dies teilte ich Mister Giordano mit und vergaß auch nicht zu erwähnen, daß mir im Fortgang der Ermittlungen sowohl meine Auftraggeberin als auch ihr Chauffeur und Sicherheitsmann abhanden gekommen waren. Ich vermutete, daß Madame von den Managern und ihrem Freund als eine Art Beifang in Sicherheitsverwahrung genommen worden war. Einzig der Dozent war mir geblieben. Ich bat Mister Giordano um Rat.

Goldrun brachte uns ein herzhaftes Frühstück und legte eine alte, aber sehr genaue Karte des Almkanals bei. Elfi war ins Büro zurückgekehrt, sie müsse noch einiges organisieren, rechne aber um 12 Uhr Mittag beim Einstieg zum trocken gefallenen Almkanal mit uns.

Gegen 10 Uhr vormittags eilten der Dozent und ich den Franz-Josef-Kai und den Makartkai entlang. Ich bedürfe der heilenden Kräfte eines munteren Flusses, sagte ich. Vielleicht führe er uns ans Ziel. Aber noch hüllte der Fluß sich in Schweigen.

Auf Höhe des Augustinerklosters Mülln traf eine Nachricht von Mister Giordano ein. Er mußte sie noch in tiefer Nacht verfaßt haben, was meine Sorgen über seinen Gesundheitszustand nicht minderte.

Wir setzten uns auf eine Bank vor dem Lehener Park, der Dozent klappte das Notebook auf, reichte es mir und las mit.

Lieber Groll! Schwiegersohn!

Was ist bei euch in Salzburg los? Haben die Festspiele Angst vor mangelndem Publikumszuspruch? Letzteres kann ich mir nicht vorstellen, denn in den Nachrichten kam die Festspiel-Präsidentin zu Wort, eine toughe Frau, die auch in unseren Familien Karriere gemacht hätte. Sie sagte, solange der einzig limitierende Faktor der Festspiele die Anzahl der aufgelegten Karten sei, brauche sich niemand Sorgen um das Festival zu machen.

Zu deinen Fragen:

Hast du schon einmal darüber nachgedacht, daß der Chauffeur vielleicht ein doppeltes Spiel treibt? Daß er selber im Dunkeln tappt, aber aus gekränkter Eitelkeit auf eigene Faust ermittelt, weil er es sein will, der Madame rettet? Um deine Schritte überwachen zu können, schließt er sich dir nur an, daß du ihm die ‚Beute' nicht wegschnappst und den Ruhm einheimst. Folglich würde er gleichsam auf eigene Faust nach Madame suchen. So wie ich mir den Mann vorstelle – und ich kenne derartige Typen gut –, würde das zu seiner Geschichte mit Madame passen.

So hatte ich die Sache noch nicht betrachtet. Giordano war tatsächlich ein Fuchs. Immer wieder unterschätzte ich den alten Consigliere. Kálmán müsse jedes Interesse haben, Madame vor mir zu finden, setzte er fort.

Seine privilegierte Arbeitsstelle hängt an Madames Wohlbefinden. Da Kálmán, wie du schreibst, auch nicht mehr zu den Jüngsten zählt, wird er unter Einsatz seines Lebens um seinen Posten kämpfen. Außerdem gehe ich davon aus, daß seine Beziehung zu Madame über den Angestelltenstatus hinausgeht, denn von Ange-

hörigen des Mannes in Ungarn oder Österreich war nie die Rede,
nur von zwei Weingärten in Tokaj. Er scheint also sein Leben
ausschließlich Madame gewidmet zu haben. Du siehst, ich mag
zwar klapprig sein und ein wenig nach Luft japsen, aber das
hindert mich nicht daran mitzudenken. Ich verfüge über aus-
reichend Erfahrung im Personalwesen und habe ein Gespür für
schlampige Arbeits- und Liebesverhältnisse. Immer wieder mußte
ich früher Mitarbeiter in fremde Familien einschleusen, Chauffeure
und Sicherheitsmenschen eigneten sich dafür besonders gut.
Daher gebe ich dir den Rat, deinerseits den alten Chauffeur zu
überwachen. Er wird dich zu Madame führen – und kein anderer.
Bleib an seinen Fersen und du hinkst der Sache nicht ständig
hinterher. Verzeih das Sprachbild, ich weiß, daß das Hinter-
herhinken eine große schicksalmäßige Beförderung wäre.
Ich wünsche dir Glück.
Giordano

PS: Melde dich, sobald du etwas Neues berichten kannst. Ich
habe hier im Spital wenig Ablenkung und kann mich ganz auf
eure Sache konzentrieren.
PPS: Laß den professore schön von mir grüßen! Er möge seine
Hand über dich halten.

Mit wachsender Neugier hatte der Dozent mitgelesen.
Nun lehnte er sich zurück und lächelte. „Was für ein
genauer Beobachter", sagte er.
Ich gab meinem Kollegen recht. Ein Gedanke hatte
sich in mir festgesetzt. Sollte Giordanos Interesse gar

nicht so sehr Madames Fabrik gelten, wie er immer wieder durchblicken ließ, sondern der Frau? Sollte Herr Kálmán einen Nebenbuhler in der Ferne haben?

16. Kapitel

Mit Elfi im Almkanal.
Die Wölfe auf dem Rückzug

Mittags drangen der Dozent und ich unter Elfis Führung in den trockengelegten Almkanal vor. Elfi mit ihren Krücken und ich mit meinem Josef waren nur sehr begrenzt in der Lage, etwas zur Suche nach verlegten oder vergessenen Kavernen beizutragen. Aber der Dozent erwies sich als begabter Grottenolm, kein Spalt, keine Vertiefung, in die der schlank gebaute Mann mit meiner Taschenlampe nicht hineinpaßte. Von seiner Mutter und den Rohstoffmanagern war keine Spur, dafür stöberte der Dozent ein Wolfsrudel auf, das sich in einen uralten Verschlag für die Kanalarbeiter zurückgezogen hatte. Die überwiegend jungen Tiere wurden vom Leitwolf an dem Dozenten und mir vorbei Richtung Ausgang geführt. Erstaunlicherweise waren die Tiere uns gegenüber nicht aggressiv. Was meinen Atem aber stocken ließ, war der Umgang der Wölfe mit Elfi. Die Tiere schmiegten sich an sie, winselten und benahmen sich wie Schoßhunde. Elfi bedeutete dem Dozenten und mir, rasch zu flüchten. Nach einem prüfenden Blick auf meine Freundin, die wie eine Pietà auf einem Mauervorsprung saß und die Tiere beruhigte, hasteten der Dozent und ich über den felsigen Boden ins Freie und warteten.

Als Elfi nicht folgte, fuhr ich noch einmal zurück und half ihr aus dem Kanal, wobei sie sich an Josef anklammerte, während ich ihre Krücken im Gestänge des Rollstuhls verstaut hatte. Die Wölfe waren vor patroullierenden Hubschraubern längst in Richtung Leopoldskroner Weiher geflüchtet. Irgendwie schafften wir den Ausstieg vom Kanalbett über eine kleine Geländestufe. Keine Minute zu früh, denn plötzlich öffneten sich einige Wehre und der Almkanal wurde von der Nonntaler Seite her geflutet.

Sie sah auf ihre Armbanduhr und nickte befriedigt. Während das Wasser neben uns einem Wildbach gleich durchrauschte, setzte sie sich auf einen Felsen. Im Ton einer Verschwörerin sagte sie: „Groll, du mußt mir etwas versprechen. Du darfst niemandem erzählen, was du eben gesehen hast."

Ich nickte.

Elfi atmete ein paar Mal tief durch. Dann sagte sie: „Heute morgen wurden zwei Wagnerianer zerfleischt vor dem Festspielhaus aufgefunden. Zwei Schauspielschüler, die sich in bischöfliche Gewänder gehüllt hatten, wurden ebenfalls attackiert. Aber sie werden überleben. Du weißt, warum die Wölfe Uniformen jagen?"

„Die Dramaturgie ist klar", sagte ich.

„Du solltest jetzt verschwinden. Die Polizei wird gleich da sein."

Ich war unschlüssig.

„Wenn du den Begleitweg entlangfährst, kommst du nach dreihundert Metern zu einem Fahrradweg. Den

nimmst du bis zur Salzach und dann fährst du am Ufer
entlang …"

„Bis zum Rudolfskai, wo mein Auto im Keller des
Mohren parkt. Hoffentlich ist es nicht abgesoffen."

„Goldrun weiß, was sie tut. Beim Almkanal macht ihr
keiner etwas vor. Sie verfügt über einen Schwung uralter Pläne."

Ich musterte Elfi eindringlich. „Was wird aus dir?"

„Was soll schon werden. Die Festspiele brauchen mich.
Ich kenne so viele Geheimnisse, Nebenabsprachen,
mündliche Abmachungen. Alles in meinem Kopf. Von
mir gibt's keine verräterischen Papiere. Ich übertreibe
nicht, wenn ich sage: Ohne mich bricht der Laden
zusammen."

„Und das Schöne ist …"

„Die Festspiele wissen das. Die bauen für mich ein
Sanatorium. Wenn ich nur bleibe."

„Und die Noten von Schubert?! Dein Libretto?!"

Elfi lächelte mich an. Sie wirkte entspannt, aber
müde.

Wozu gibt es Kopiermaschinen, schoß es mir durch
den Kopf. In ihrem Büro werden wohl einige dieser
Maschinen stehen.

„Und Goldrun?"

„Sie wird den Kanal aufgedreht lassen. Das Wasser
wird durch die Altstadt tosen. Die Kinderwölfe müssen
aus der Stadt."

„Es wird Zerstörungen geben! Überschwemmte Keller.
Kurzschlüsse. Brände."

„Die Feuerwehr wird sie löschen. Wir haben eine gute Feuerwehr."

„Mittelalterliche Häuser werden unterspült, sie werden einstürzen!"

„Wir werden sie wieder aufbauen. Mittelalterlicher als zuvor. Wir haben gute Baufirmen, und Geld wie Heu."

„Vergiß nicht die internationale Presse! Der Ruf Salzburgs ist ruiniert!"

„Das Gegenteil wird der Fall sein. Die Wolfsgeschichte ist eine unbezahlbare PR. Man wird die Festspiele stürmen. Gastronomie und Hotellerie werden frohlocken, Reisebüros und Fluglinien werden florieren. Der Flughafen wird vergrößert werden."

„Und das alles aus Solidarität mit der Kunst!"

„Natürlich. In Salzburg dreht sich alles nur um die Kunst. Ausschließlich! Ist das so schwer zu verstehen?"

Ich fühlte mich ins Eck getrieben und reagierte wie ein Jungspund der Sozialistischen Jugend. „Die Sozialhilfeempfänger haben davon nichts, man wird sie aber zur Kasse bitten."

„Sie werden sich staatsbürgerlich erhöht fühlen, weil sie etwas zum Wohle der Stadt beitragen dürfen", schmetterte Elfi den Vorstoß ab.

„Und Karten für Konzerte und Aufführungen werden für sie unerschwinglich bleiben."

„Diesen Leuten sind die Festspiele egal. Die einen vergöttern Karajan und seine Jünger, die anderen zahlen für Anton aus Tirol und Andreas, die steirische Lederhose, mehr, als ein Festspielticket kosten würde."

„Eine Katastrophe. Max Reinhardt hat das nicht gewollt."

„Es war früher nicht anders."

Wie gern hätte ich weiter mit Elfi gesprochen, aber der Lärm von Hubschraubern und Folgetonhörnern kam immer näher.

„Ich will dich nicht verlassen, Elfi. Aber ich weiß nichts mehr zu sagen. Das erste Mal in meinem Leben bringe ich kein Wort heraus."

Elfi warf mir einen koketten Blick zu. „Ich nehme das als Liebeserklärung. Die ich erwidere. Es war schön, dich in Salzburg zu treffen."

„Ja, das war es." Meine Stimme klang blechern. „Sehen wir uns wieder?"

Sie nickte. „Solange es die Festspiele gibt, wirst du mich in der Stadt finden."

Sie entnahm meiner enttäuschten Miene, daß mir das zuwenig war.

„Die Festspiele wird es ewig geben", sagte sie. „Ewig und drei Tage."

„Das ist beruhigend. Besonders die drei Tage."

„Es ist, wie es ist."

„Komm mich besuchen. Wien ist ..." In der Schnelligkeit fiel mir nichts ein, womit ich Elfi locken könnte.

„Wien ist nicht Salzburg", stammelte ich.

„Ich würde gern einmal die Donauauen unterhalb von Wien sehen", sagte Elfi. „Ich liebe Sumpfschildkröten."

Drei junge Wölfe waren aufgetaucht, sie wuselten um ihre Beine und die Krücken. Und sie waren sehr darauf bedacht, nicht an sie anzustreifen und in Sturzgefahr zu bringen. Ich verstand: Sie sind vom Leittier ausgeschickt worden, Elfi in Sicherheit zu bringen.

„Phantastisch!", rief ich. „Du wirst Dutzende Schildkröten sehen, manche sind so groß wie ein Wolfsjunges. Was sage ich, hunderte, tausende. Und sie werden hundertachtzig Jahre alt. Man kann im Nationalpark wunderbar Paddelboot fahren, zwischen Sumpfschildkröten und Tragflügelbooten. Es kann aber auch sein, daß wir von halbstarken Jungbibern vertrieben werden."

Daß ich die Donau als wichtigste und einzige Sehenswürdigkeit Wiens vergessen hatte, rechne ich heute noch zu meinen dunkelsten Momenten.

„Ich komm dich besuchen", sagte Elfi bestimmt und erhob sich umständlich. Ich reichte ihr die Krücken. Die Wölfe trippelten voraus. Immer wieder hielten sie inne und warteten auf die schwer hinkende Frau.

17. Kapitel

Eine Wasserleiche und viele Fragen

Wir folgten Elfis Rat und schlugen uns am Flußufer
entlang in die Altstadt durch. Auf Höhe des rot-
ziegeligen Künstlerhauses machten wir auf einer Bank
Rast. Der Dozent öffnete sein Notebook und schaute
den internen Informationsaustausch der Sicherheitskräfte durch. Ich prophezeite dasselbe negative Ergebnis wie bei all seinen vorhergegangenen Versuchen.
Eine Behörde, deren Nachrichtenströme derart leicht
zu knacken waren, daß selbst Laien wie wir ohne
Probleme Zugang fänden, müsse auch bei ihrem ur-
eigensten Gewerbe versagen. Erstens sei er kein elektro-
nischer Laie, antwortete der Dozent, und zweitens
könnten die Behörden so schlecht nicht sein, denn er
stoße eben auf eine interne Polizeinachricht, die all
unsere Pläne zunichte mache. Vor nicht einmal einer
Stunde sei in den Saalachauen die Leiche eines älteren
Mannes angespült worden – auf der bayrischen Seite
des Grenzflusses. Zwei Fischer hätten den Toten gänz-
lich aus dem Fluß gezogen. Und wenige Meter flußabwärts sei ein Paddelboot auf die Ufersteine aufgelaufen.
Er rückte mit dem Notebook näher, so daß ich mitlesen
konnte.

Der Mann habe ein Jackett getragen, in dem seine Geld-
börse samt Kreditkarten steckte, hieß es da.

„Die Rettungskräfte müssen ehrliche und charakterfeste Personen sein, denen Respekt gezollt werden muß", stellte der Dozent fest.

„Ich würde eher vermuten, daß die beiden Fischer, die den Mann gefunden haben, nicht mehr nüchtern waren", erwiderte ich. Wer läßt schon Kreditkarten und Bargeld zurück?

Schon der nächste Satz änderte die Ausgangsbasis unserer bisherigen Ermittlungen vollständig. Bei der Wasserleiche handelte es sich um Liam Ferguson, Madames vermissten Festspielfreund. Er war erschossen worden.

„Und was ist mit Mamà?", stammelte der Dozent. Sein Gesicht hatte auf einen Schlag die Farbe einer Leinwand angenommen. Meine Beschwichtigungsversuche fielen erbärmlich aus. Kein Wunder, Madame war längst ein wichtiger Bestandteil auch meines Lebens geworden. Ihr Auftreten war zwar oft arrogant und ihr elitäres Gesellschaftsbild sorgte bei mir immer wieder für Ärger und Auflehnung, aber dann sagte ich mir immer, Unternehmer, die Leute wie mich unternehmen müssen, haben es auch nicht leicht. Außerdem besserten ihre Honorare für erfolgreiche Ermittlungen meine Mindestrente in einem bedeutenden Maß auf. Seit ich für sie arbeite, brauche ich meine Heurigenrechnungen nicht mehr anschreiben zu lassen.

Der Dozent konnte es nur schwer verwinden, daß unsere Suche erfolglos geblieben war. Ich tröstete ihn mit dem Hinweis, daß dies auf den Fortgang der Geschichte keine Auswirkung hätte. Er solle sich einen

Theatersaal tief im Inneren des Mönchsbergs vorstellen, eine Art zweites Festspielhaus für Notfälle. Im Publikum möge er sich honorige Persönlichkeiten und die Manager des Rohstoffkonzerns samt Damen eines Escort-Services denken. Und auf der Bühne säße eine Ersatz-Tischgesellschaft des *Jedermann*, einschließlich seiner Mamà und des Engländers. Hinter der Bühne befänden sich kleine aber luxuriöse Räumlichkeiten. Selbstverständlich gebe es eine Versorgung mit Produkten der Luxusgastronomie. Personal und Sicherheitskräfte würden ebenfalls von den Festspielen gestellt. Auch ein paar Wagnerianer würden Dienst machen, sie kümmerten sich um die russischen Aufsichtsrats- und Vorstandsmitglieder. Je farbenreicher ich die Höhlenversion des *Jedermann* ausmalte, desto ruhiger wurde der Dozent.

Am späten Nachmittag versuchten wir unser Glück im Ortsteil Wals neben dem Flughafen. Von einem Feldweg, der direkt am Flughafenzaun entlanglief, ließ sich das Geschehen auf den Landebahnen gut beobachten. Irgendwie mußten die Manager die Stadt ja verlassen. Ob Madame auch dabei sein würde? Daß Herr Kálmán nicht mehr aufgetaucht war, war einerseits beunruhigend. Andererseits ließ das noch Hoffnungen für Madame zu. Und solange der Chauffeur nicht seinerseits als Wasserleiche gefunden wurde, blieb dieser Funken Hoffnung am Leben.
Drei weiße Geschäftsflugzeuge hatten abseits von anderen Maschinen Aufstellung genommen. Die Besatzun-

gen von drei schwarzen SUVs sicherten die Maschinen. Besatzung und Passagiere schienen bereits an Bord zu sein, die Positionslichter der Jets blinkten, die Triebwerke wurden angelassen. Nacheinander rollten die drei Flugzeuge auf dem Runway Richtung Abflugpiste. Der Dozent hatte sich in den Internet-Auftritt des Flughafens eingeloggt. Die Maschinen kämen aus Zürich-Kloten und würden demnächst in die Destinationen Venedig, Locarno und Sewastopol abgehen, berichtete er. Wir warteten den Abflug der drei Maschinen ab, auch die russischen Geländewagen verließen das Flughafengelände und reihten sich am Autobahnzubringer ein.

Meine Abneigung gegen Autobahnen führte uns kurz in die Stadt zurück, wo wir die Bundesstraße 1 Richtung Wallersee nahmen. Ein paar Kilometer außerhalb der Stadt wurden wir von einem schnell fahrenden Jaguar älterer Bauart überholt. Herr Kálmán trug eine Chauffeursmütze. Im Fond saß eine zierliche Frau mit weißen Haaren, sie schien zu schlafen.

Herr Kálmán hatte vorausgedacht. Er wußte die Wagnerianer auf der Rückfahrt in den Osten, sie würden die Autobahn benützen. Da war es nur naheliegend, auf der Bundesstraße zu bleiben.

„Er hat uns hinters Licht geführt", klagte der Dozent.

„Er hat die ganze Zeit gewußt, wo Mamà steckt."

„Sagen wir, er war die ganze Zeit loyal zu Madame."

„Mich wundert, daß Sie nicht empört sind! Das geht ja sonst sehr schnell bei Ihnen."

„Wenn Sie so wollen", sagte ich müde. „Es ist eine Sauerei. Aber er macht nur seinen Job."

„Und meine Mamà? Zu ihr fällt Ihnen nichts ein?"

„Ich zweifle nicht daran, daß ich mein Honorar bekommen werde."

„Und ich zweifle nicht daran, daß höhere Interessen, sprich der Bestand ihrer Fabrik, ihre Schritte geleitet haben."

„Wer sind wir, daß wir im Gemüt anderer Leute wühlen", entgegnete ich.

Epilog

Die Wölfe kehrten ins Innergebirg zurück. Die Hysterie hielt sich aber noch monatelang. Angeblich wurden Wölfe im Festspielhaus, im Jesuitenstift, im Schloß Mirabell und einigen Altstadthotels gesichtet. Die Boulevard-Zeitungen tippten auf hundert Tiere in mindestens zehn Rudeln. Auch seien Uniformträger attackiert und verletzt worden.
Besorgte Bürger legten daraufhin vergiftete Köder aus. Sie hörten erst damit auf, als Dutzende Hunde von Innenstadtbewohnern elendiglich zugrunde gingen.

Ein französischer Wolfsspezialist wurde eingeflogen. Er studierte die Lage und empfahl die Absage der Festspiele. Für die Sicherheit könne nicht garantiert werden. Seine Expertise, die nur in den allerhöchsten Festspielkreisen zirkulierte, wurde umgehend vernichtet. Elfi Poschacher fertigte eine Kopie an. Sie wird in Goldruns Kammer aufbewahrt.

Nachdem es anfangs zu einem erbitterten Lagerstreit zwischen konservativen „Naturschützern" und der „Abschußfraktion" – bestehend aus Geschäftsleuten, höheren Beamten, Ärzten (vorwiegend Orthopäden), einigen Architekten und führenden Vertretern aus dem Immobiliensektor – gekommen war, glätteten sich die Wogen, als eine dringende Empfehlung des französischen Wolfsforschers umgesetzt wurde: Im öffentlichen Raum, ja sogar in Häusern und Wohnungen, sollten keine Uniformen oder uniformähnliche Kleidungsstücke getragen werden. Internationale Aufmerksamkeit erlangte das Handy-Foto einer Toilettenfrau nahe der Felsenreitschule, die ihre Arbeit nackt verrichtete.

Die Eröffnungsrede der Festspiele hielt ein bekannter Zukunftsforscher, der sich eingehend der Frage widmete, welche Vergangenheit zu welcher Zukunft passt, und zum Schluß kam, daß eine lichte Zukunft mit einer dunklen Vergangenheit nicht zu haben sei. Die Schlußfolgerung sei daher klar: Die Zukunftssicherung erfordere „ein für allemal die Entsorgung der Vergangenheit auf dem Müllhaufen der Geschichte". (Aus dem Text der Rede, die mit lang anhaltendem Beifall bedacht wurde und beim Bankett angeregte Gespräche auslöste.)

Obwohl das Ausbleiben von Prominenz befürchtet wurde, kam es anders. Die Festspiele erfuhren einen Solidaritätsakt des langjährigen Festspielpublikums und waren ausverkauft. Die gehobene Gastronomie, die Juweliere, das Escort- und Bedarfsautogewerbe freuten sich über Rekordumsätze, die Innenstadtgalerien machten das Geschäft ihres Lebens.

Der Erzbischof und alle Geistlichen, auch Ordensmänner und Ordensfrauen, wurden ins Kloster Seckau evakuiert.

Der Indianer und seine Freundin setzten sich in den Lungau ab und schlossen sich einer Gruppe an, die im Quellgebiet der Mur eine verfallene Tauerngoldmine reaktiviert hatte. Sie tarnten ihr Unternehmen durch eine große Schafherde. Eines Tages wurde ein Schaf von einem Wolf gerissen. Die Naturschutzbehörde verurteilte die illegalen Goldsucher und unterstellte ihnen eine Kooperation mit den Wolfsschützern. Die örtliche Jägerschaft rückte in Kompaniestärke an. Sie schoß auf alles, was sich bewegte, richtete aber keinen Schaden an, da ein Saboteur, der mit den amerikanischen Goldsuchern im Bunde war, die scharfe Munition gegen Übungsmunition vertauscht hatte.

Die Obduktion von Madames Freund ergab, daß er mit einer Pistole, wie sie in früheren Jahren bei östlichen Sicherheitsbehörden in Verwendung stand, erschossen worden war. Mister Giordano hatte recht behalten, Herr Kálmán hatte seinen Nebenbuhler beseitigt und damit seinen Status bei Madame verteidigt.

Die Brände in Salzburg waren bald gelöscht. Es gab keine weiteren Toten oder Verletzten. Der Almkanal wurde wieder gezähmt. Die Wölfe waren verschwunden.

Der Bundespolizeidirektion und den Festspielen gelang ein großartiger PR-Coup. Vom Totalversagen zur vorbildlichen Lösung einer gefährlichen und noch nie dagewesenen Krise dauerte es keine acht Tage. Die

Buchungen für die kommenden Jahre schossen durch die Decke. Bayreuth schickte einen Brief der Anerkennung. Der bayrische Ministerpräsident meldete sich mit seiner Frau zu einem Premierenbesuch an.

Der „Wursttempel" am Mirabellplatz wurde von einem chinesischen Tourismusmogul gekauft, abgebaut und in Wuhan am Ufer des Jangtsekiang aufgestellt. Verkauft werden Würste aus aller Welt, aber auch heimische Fledermaus- und Makakenwürste. Jeden Abend intoniert ein Orchester der örtlichen Musikhochschule Mozarts *Kleine Nachtmusik.*
Vor der Salzburger Andräkirche befindet sich jetzt ein unscheinbarer Imbißstand, der nur vier verschiedene Würste anbietet. Am Donnerstag, dem Tag des Schrannenmarkts, hält er Spezialitäten aus Südtirol und dem Friaul feil. Am Tag der Schranne besucht auch Ottavio Unschlicht den Markt und hält um 10 Uhr vormittags vor der Gedenktafel zum Einstein-Auftritt politische Reden, die sich um Fragen der Ökologie und da besonders der Artenvielfalt drehen. Er hat sich mittlerweile ein kleines Stammpublikum erarbeitet.

Der Dozent begab sich mit seiner früheren Geliebten auf den Jakobsweg. Schon auf der zweiten Etappe, die von Wolfratshausen nach Kempten führte, verließ sie ihn ohne Angabe von Gründen und fuhr mit Bus und Bahn zurück nach Salzburg.

Der wieder genesene Mister Giordano bestellte Festspielkarten für Bellinis *Norma*. Es handle sich um *die* sizilianische Oper schlechthin, es gebe keinen Grund, die Reise abzusagen. Er rechne fest mit mir. Auch meine Frau Gianna habe ihr Kommen zugesagt. Ich bin unschlüssig, wie ich mich verhalten soll.

Der Betriebsgewinn des Rohstoffkonzerns überschritt zum zweiten Mal hintereinander die Zehn-Milliarden-Dollar Grenze. Nach wie vor beschäftigt er 160.000 Menschen in allen Teilen der Welt. Ihre Arbeitsbedingungen seien zum Teil prekär, Gewerkschaften würden nicht geduldet.

Eine Woche nach unserer Rückkehr nach Wien bestellte Madame mich zu meinem Stammheurigen. Dort übergab sie mir nach ein paar Minuten schicklichem Small Talk ein gut gefülltes Kuvert. Die Ereignisse in Salzburg wurden mit keinem Wort erwähnt. Wie immer beim Schlußhonorar widerstand ich der Versuchung, gleich nachzuzählen.

Herr Kálmán wartete vor dem Heurigen. Ich begleitete Madame zum Wagen. Der Chauffeur öffnete den Fond der Luxuskarosse, Madame stieg mit elegantem Schwung ein. Herr Kálmán wartete, bis sie sich angegurtet hatte, und setzte den Wagen langsam in Bewegung. Er nickte mir höflich zu. Ich schenkte ihm ein Lächeln.

Drei Monate nach den beschriebenen Vorfällen erhielt ich einen Brief von Goldrun. Ihre Schwester Elfi sei vor ein paar Tagen an einer Infektion verstorben, die sie sich bei ihrer Hüft-Operation in einem Salzburger Privatspital zugezogen hatte. Goldrun berichtete, daß Elfi sich ernsthaft mit dem Plan getragen hatte, mich nach ihrer Gesundung in Wien zu besuchen. Sie hatte auch schon Pläne für einige Museen und Lokale, die sie mit mir besuchen wollte. Die Staatsoper sei nicht darunter gewesen. Dem Brief lag eine Fotografie bei, sie zeigte die 15-jährige Elfi in einem hellblauen Sommerkleid. Ihre blonden Haare flatterten im Wind, ein Knie wurde von einer Schürfwunde geziert. Und um ihren Mund spielte ein wissendes Lächeln, das ihr Alter Lügen strafte. Falls meine Wege mich nach Salzburg führen sollten, würde sie sich glücklich schätzen, im Mohren ein Zimmer für mich zu reservieren, schloß Goldrun.

Toni Poschacher geht nach wie vor seiner Arbeit als Gemeindesekretär nach. Bei der Bevölkerung ist er beliebt und geschätzt. Jede freie Minute verbringt er an der Flanke des Hochkönigs im Blühnbachtal. Er schickte dem Dozenten eine Videoaufnahme. Sie zeigt eine mondhelle Nacht. Ottavio Unschlicht sitzt mit den Wölfen hinter dem Schinder-Haus seiner Mutter. Im Hintergrund sieht man ihren Grabstein. Obwohl Nebelfetzen die Sicht erschweren, bin ich mir sicher, daß Ottavio Unschlichts Kopf in einer Schnauze ausläuft.

Inhaltsverzeichnis

205

207

Dank

Für Diskussion und Hilfe bei der Recherche von Almkanal und Max Reinhardts Schloß Leopoldskron danke
ich Marcus Hank, Alexander und Ewald Starke. Sylvie
Predl danke ich für Informationen über die Altstadt
und deren Hotellerie. Arno Kleibel danke ich für zahlreiche Informationen und die Überlassung umfang-
reicher Literatur über den Almkanal, die Festspiele und
die Geschichte Salzburgs. Meiner Frau danke ich für
zahlreiche inhaltliche Gespräche. Während unserer
Recherchereise nach Salzburg im Sommer 2020 wäre
die Befahrung der steilen Gassen, Burghöfe der Festung,
des Salzachufers bei Werfen, dem furchterregenden
Blühnbachtal und der steilen Altstadt Halleins trotz des
zum Teil schlechten Wetters unmöglich gewesen.
Andreas Kurz und Christine Rechberger danke ich für
ihre intensive und wertvolle Lektoratsarbeit.

HERR GROLL und die DONAUPIRATEN

**Herr Groll
und die Donaupiraten**
(Der siebte Groll-Roman
2019, 2. Aufl.)
302 Seiten, gebunden
€ 23,- (E-Book: € 18,99)
ISBN 978-3-7013-1272-6

Ein Auftrag führt Groll und seinen Freund, den
„Dozenten", in die östlichen Donaustaaten.
Flüchtlingsquartiere und Behindertenheime gehen
bei Aufständen in Flammen auf, das Betreuungs-
personal wird davongejagt oder umgebracht.
Und Groll findet sich plötzlich auf der Flucht per
Boot aus Europa hinaus als gejagter Krimineller
wieder ...

Erwin Riess
im Otto Müller Verlag

Herr Groll
und die Stromschnellen
des Tiber
(Der sechste Groll-Roman, 2017)
314 Seiten, gebunden
€ 23,- (E-Book: € 18,99)
ISBN 978-3-7013-1254-2

Herr Groll
und das Ende der Wachau
(Der fünfte Groll-Roman, 2014)
316 Seiten, gebunden
€ 23,- (E-Book: € 18,99)
ISBN 978-3-7013-1221-4

Herr Groll
im Schatten der Karawanken
(Der vierte Groll-Roman, 2012)
312 Seiten, gebunden
€ 23,- (E-Book: € 18,99)
ISBN 978-3-7013-1192-7

Erwin Riess
im Otto Müller Verlag

 **Herr Groll**
und der rote Strom
(Der dritte Groll-Roman, 2010)
280 Seiten, gebunden
€ 23,- (E-Book: € 18,99)
ISBN 978-3-7013-1170-5

 **Der letzte Wunsch**
des Don Pasquale
(Der zweite Groll-Roman, 2006)
392 Seiten, gebunden
€ 24,-
ISBN 978-3-7013-1120-0

 **Herr Groll**
und die ungarische Tragödie
(Der erste Groll-Roman,
Neuauflage 2013)
366 Seiten, gebunden
€ 23,- (E-Book: € 18,99)
ISBN 978-3-7013-1211-5

Informationen zu allen Büchern von Erwin Riess
finden Sie auf unserer Homepage www.omvs.at